Dieses Buch ist der unveränderte Reprint einer älteren Ausgabe.

Erschienen bei FISCHER Digital

Hedderichstr. 114, D-60596 Frankfurt am Main

Printed in Germany
ISBN 978-3-596-31223-8

Dieses Werk wurde vermittelt durch die
Montasser Medienagentur, München

Kontaktadresse nach EU-Produktsicherheitsverordnung:
produktsicherheit@fischerverlage.de

Fischer

Weitere Informationen finden Sie auf
www.fischerverlage.de.

Luise Rinser

Das Squirrel

CIP-Kurztitelaufnahme der Deutschen Bibliothek

Rinser, Luise:
Das Squirrel / Luise Rinser
Stuttgart: Thienemann, 1985
ISBN 3 522 13620 9

Gesamtausstattung Karin Lechler in Stuttgart
Schrift Aldus
Satz Uhl + Massopust in Aalen
Offsetreproduktion Reisacher Repro in Stuttgart
Druck und Bindung
Graphischer Großbetrieb Friedrich Pustet in Regensburg

5 4 3 2

In alten Zeiten glaubten die Menschen daran, daß es allerlei Naturgeister gebe, zum Beispiel Zwerge in Berghöhlen, Nixen in Flüssen und Seen, und Nymphen, die in Bäumen wohnen, und Faune, die in den Wäldern hausen. Natürlich glauben wir heute dies alles nicht mehr. Wir lächeln darüber. Ist ja alles nur Fantasie. Gibts ja gar nicht. Wenn es so was gäbe, müßte man es ja sehen können. Fotografieren oder filmen müßte man es können. Beweisen müßte man es.

So denkt ihr.

Aber wenns ganz anders wäre? Wenn es das alles wirklich gäbe? Wenn wir nur nicht mehr die richtigen Augen und Ohren dafür hätten?

Ich will euch erzählen, was zwei Kinder erlebt haben, nicht vor dreitausend Jahren und nicht irgendwo weit weg, sondern in unserer Zeit und in unserm Land. Ganz normale Kinder, nicht besonders gut in der Schule, faul sogar, weil sie das, was sie

In alten Zeiten .....

lernen sollten, gar nicht interessierte. Was war es denn, wofür sie sich interessierten? Das waren Pflanzen und Tiere.

Die beiden waren Geschwister, Sonja und Simon; zu Beginn der Geschichte war Sonja neun Jahre und Simon zehn. Jetzt sind sie zwanzig Jahre älter und sind Lehrer an einer Hochschule für Gartenbau, wo man alles glaubt und tut, was sie einmal von ihrem Freund gelernt haben. Wer war dieser Freund?

Ja, wer war das.

Zuerst einmal war es eine Stimme, weiter nichts, genau gesagt: die Kinder hörten jemand weinen, auf eine besondere Art, ganz leise, so daß sie zuerst dachten, es sei ein verwundetes Kätzchen. Die Stimme kam von oben, aus dem Wipfel eines Birnbaums in ihrem Garten. Aber da war kein Kätzchen. Da war niemand. Nur dieses Stimmchen. Aber das war da. Nicht zu überhören. Nicht zu leugnen. Irgendwer mußte doch da oben sein, der weinte.

»He du«, rief Sonja in den Baum hinauf, »wer bist du, warum weinst du? Komm doch herunter, wir tun dir nichts Böses.«

Da kam das Weinen den Stamm herunter und war schließlich unten auf dem Boden. Aber zu sehen war nichts. Die Sache war ein wenig unheimlich, aber die Kinder hatten keine Angst. Das, was da weinte, war nichts zum Erschrecken.

Sonja sagte: »Wer bist du? Kannst du weinen, so

kannst du vielleicht auch reden. Warum weinst du?«

Die Stimme, eine leise sanfte Stimme, sagte deutlich: »Weil man meinen Baum umhauen will.«

»Deinen Baum?«

»Er ist meine Wohnung.«

»Und wer will den Baum umhauen?«

»Euer Vater.«

»Aber geh, der schlägt doch unsern Birnbaum nicht um. Wir lieben ihn doch so sehr.«

»Doch, ich habs gehört, wie er sagte: Der Baum muß weg, der stört, der nimmt dem Haus zuviel Licht weg, mein Sprechzimmer wird zu dunkel.«

»Hat er das gesagt?«

In diesem Augenblick ging die Haustür auf und der Vater kam heraus.

»Vater«, riefen die Kinder, »ist es wahr: willst du unsern Birnbaum umhauen lassen?«

Der Vater war richtig bestürzt. »Wie kommt ihr denn darauf?«

»Sag: ist es wahr oder nicht? Hast du zu jemand gesagt: der Baum muß weg, der stört, der nimmt dem Haus zu viel Licht weg?«

»Nein, ich habs zu niemand gesagt, Ehrenwort.«

»Aber?«

»Also, ich will die Wahrheit sagen: ich habs gedacht!«

»Gedacht hast dus? Aber zu keinem Menschen gesagt?«

»So ist es.«

»Aber jemand hats gehört, Vater!«

»Wie kann jemand hören, was niemand sagt? Könnt ihr Gedanken hören?«

Er lachte, aber die Kinder lachten nicht mit, denn jetzt hörten sie wieder das leise Weinen.

»Horch!« sagten sie, aber der Vater hörte nichts.

»Sonderbar«, sagten die Kinder.

Der Vater schüttelte den Kopf und ging ins Haus. Er war Arzt, und zwar ein Nervenarzt. Ihm schien die Sache schließlich nicht so ganz sonderbar, denn das gab es: daß Leute die Gedanken andrer hören konnten. Und er hatte wirklich gedacht: Der Baum muß weg.

Er nahm sich vor, die Kinder genau zu beobachten. Am nächsten Tag dachte er fest: Der Baum darf bleiben.

Er war neugierig, ob die Kinder auch diesen Gedanken hörten. Die Kinder waren im Garten, und wieder hörten sie die leise Stimme:

»Glaubt ihm nicht, er tut so, als ließe er den Baum stehen, aber er will ihn doch umhauen.«

Sie liefen zu ihrem Vater, der gerade in seine Klinik fahren wollte und schon im Auto saß.

»Vater, du darfst den Baum nicht umhauen! Du darfst uns nicht anlügen. Du denkst ja doch ans Fällen. Bitte, laß den Baum leben!«

»Also gut«, sagte der Vater, »er darf leben. Aber ihr beiden, ihr werdet mir ein bißchen unheimlich.«

»Versprich uns, daß der Baum bleiben darf!«

»Ich verspreche es. Ehrenwort.«

Als die Kinder zum Baum kamen, rief das Stimmchen. »Gut, gut! Jetzt hält er sein Versprechen und ich darf hier wohnen bleiben. Zum Dank werde ich euch vieles sagen über Pflanzen und Tiere.«

Da sahen die Kinder zum ersten Mal so etwas wie einen hellen Schatten, der den Baumstamm hinaufglitt und zwischen den Ästen verschwand.

Aber was war das, was sie da gesehen hatten?

Es verging eine Woche, es vergingen zwei Wochen, und die Kinder sahen nichts mehr und hörten auch die Stimme nicht mehr. Aber so oft sie am Birnbaum vorbeigingen, raschelte etwas im Laub oder klopfte etwas an den Stamm oder ließ Ästchen fallen gerade auf den Kopf der Kinder.

Eines Tages wurde Simon ungeduldig und er rief: »Du da droben, du hast uns versprochen, daß du uns etwas sagst über Pflanzen und Tiere. Hältst du so dein Versprechen? Unser Vater hält das seine. Und du?«

Da fiel ihm ein kleines grünes Birnchen geradewegs auf die Nase, und etwas oben im Baum lachte, und das klang, wie wenn jemand auf einer kleinen siebentönigen Bambusflöte die Tonleiter rasch von unten nach oben bläst. Es klang lustig und ein bißchen frech.

Simon warf das Birnchen zurück in den Baum, und es kam wieder herunter, dieses Mal auf Sonjas Nase. Das Ding da oben im Baum wollte offenbar spielen. Es mußte ein Kind sein, ein unsichtbares freilich.

Simon sagte: »Ich klettere mal hinauf und fangs.«

Aber da rief das Stimmchen: »Nicht auf diesen Ast, der bricht, der ist morsch. Bleib unten! Ich komm lieber hinunter.«

Da glitt etwas vom Baum herunter, und dann konnten sie spüren und auch hören, daß es unten ankam und sich hinsetzte, ein paar Meter von ihnen entfernt.

»Seht ihr mich?« fragte es. Aber die Kinder sahen nichts.

»Macht die Augen zu«, rief das Wesen, das deutlich da saß, aber nicht zu sehen war.

Sie taten es. Da sahen sie es! Mit geschlossenen Augen, aber ganz deutlich.

Aber was?

Als sie es hernach beschreiben wollten, konnten sie es nicht. War es eine Art Hase oder ein großes Eichhörnchen oder ein Kind in einem Pelz-Anzug als Waldtier verkleidet? Von allem etwas und doch etwas ganz anderes. Es hatte ein silberschimmerndes Fell, das haselnußbraun war, wenn der Wind es aufplusterte. Es hatte einen Schweif wie ein Eichhörnchen, ganz unzweifelhaft, und Haarbüschel über den Ohren. Aber das Gesicht war menschlich. Kein Kindergesicht, doch wars auch nicht alt. Man konnte einfach nicht sagen, ob es jung oder alt war oder beides zugleich.

Aber das sonderbarste war, daß es an den Hinterfüßen kleine Hufe hatte wie ein Böcklein, doch versteckte es sie beim Sitzen, indem es den buschigen Schweif darüberlegte. Die Vorderfüße aber waren richtige Händchen, nur hatten sie lange Nägel.

»Was für ein hübsches Tier!« sagte Simon.

»Ich bin kein Tier«, sagte das Wesen, »und überhaupt: Ihr könnt mich ja doch gar nicht wirklich sehen mit euern Augen!«

Die Kinder öffneten die Augen: da war nichts.

»Jetzt hast dus beleidigt«, sagte Sonja; »es will kein Tier sein«.

»Aber«, sagte Simon, »es ist doch kein Mensch. Ein Kind mit Schwanz und Hufen, das gibt es doch nicht.«

»Es gibts aber!« sagte Sonja. »Wir habens doch gesehen.«

»Gesehen? Wir hatten doch die Augen geschlossen. Und das Wesen sagte doch, wir können es nicht sehen. Vielleicht haben wirs geträumt oder wir haben Fieber.«

Sonja sagte: »Alle beide zu gleicher Zeit? Nein, meine Stirn ist ganz kühl, die deine auch. Kein Fieber also.«

»Dann haben wir bloß so fantasiert«, sagte Simon.

Da fiel wieder etwas vom Baum, eine ganze Menge rasch hintereinander: Ästchen und welke Blätter und unreife Birnchen; ein richtiger Hagel.

»Also«, sagte Sonja, »das ist keine Fantasie, das ist was Wirkliches.«

»Ach, lassen wir das«, sagte Simon, »das ist doch nur Spinnerei, so oder so. Mich ärgert nur, daß das Ding sein Versprechen nicht hält. Das ist doch nicht schön.«

Da hörten sie vom Baum herunter: »Wenn ihr nicht noch einmal sagt oder denkt, daß ich ein Tier bin, komme ich hinunter, aber heute nicht. Ein andres Mal.«

»Ehrenwort?« rief Simon, aber es kam keine Antwort.

»Na schön«, sagte Sonja. »Wir müssens abwarten.«

»Aber«, sagte Simon, »wir sagen niemand was davon. Abgemacht?«

»Abgemacht. Sie würden uns doch nicht glauben.«

Danach regnete es drei Tage in Strömen, und die Kinder kamen nicht in den Garten. Sie schauten aus dem Fenster. Wo das Ding jetzt wohl ist, ob es einen Unterschlupf hat, ob es ihm nichts ausmacht, wenn es naß wird? Vögel und Hasen sind auch im Regen unterwegs.

»Aber das sind Tiere, Simon! Und es ist kein Tier! Was es wohl ist?«

Drei Tage Regen, und dann kam der Wind und trocknete die Erde ganz rasch, und dann schien die Sonne, und die Kinder liefen in den Garten. Die Mutter hatte ihnen gesagt, sie sollten den Löwenzahn aus dem Rasen stechen, weil er da nicht hingehört und mit seiner Blattrosette das Gras darunter erstickt und überallhin Flugsamen streut. Das war eine lästige Arbeit, und die Kinder sahen auch nicht ein, warum der schönblühende Löwenzahn heraus mußte; hernach blieben schwarze Löcher im Boden, bei denen erst langsam das Gras nachwuchs. Aber was halfs: die Mutter hatte befohlen.

Als Sonja den ersten Stich mit dem Spaten machte, schrie etwas auf.

Simon fragte: »Hast du dir weh getan?«

Sonja sagte: »Mir nicht. Ich hab ja auch gar nicht geschrien. Aber was dann?«

»Eine Maus vielleicht?«

Da sagte jemand leise, aber ganz deutlich: »Es war der Löwenzahn; du hast ihm eine Wurzel abgeschnitten!«

In diesem Augenblick sahen sie das Wesen wieder und diesmal mit offenen Augen. Kein Zweifel: da saß es ganz ordentlich und sehr hübsch auf seinen Hinterbeinen, den Schweif über die kleinen Hufe gebreitet. Aber so wirklich es da saß, so machte es doch den Eindruck, als sei es nicht so ganz wirklich. Nämlich: es war wie aus einem andern Stoff gemacht, aus etwas Leichterem. Das Pelzchen konnte auch ein Flaumfederkleid sein. Fast konnte man meinen, daß es gar kein Gewicht hatte und daß es fliegen könnte, wenn es wollte.

»Wie hübsch du bist!« sagte Sonja.

Das Wesen sagte: »Das kannst du gar nicht wissen,

weil du mich nicht sehen kannst, du hast ja die Augen offen.«

»Doch«, sagten Sonja und Simon, »wir können dich sehen!«

»Nein! Ihr seid Menschen, und Menschen können mich nicht sehen mit offenen Augen.«

»Aber ich sehe dich doch«, sagte Sonja; »du hast ein silbern und braunes Fell und ...«

»Und was noch?«

»Einen buschigen Schweif und kleine Hufe«, sagte Simon.

Vielleicht hätte er das nicht sagen sollen. Das Wesen sprang entsetzt zurück und verschwand in einem Gesträuch.

»Jetzt hast du es wieder beleidigt« sagte Sonja.

»Also, wenn es immer so leicht beleidigt ist, weiß man ja gar nicht, was man sagen soll und was nicht.«

In diesem Augenblick bewegte sich der Strauch, der kleine braunsilberne Kopf tauchte wieder auf und die Stimme fragte: »Könnt ihr mich wirklich sehen? Das glaub ich nicht. Was tu ich jetzt?«

»Du schnupperst an einem Blatt wie ein Häschen.«

»Und jetzt?«

»Du kratzt dich am Kopf.«

»Und jetzt?«

»Jetzt kommst du ganz zum Vorschein.«

»Und jetzt?«

»Jetzt drehst du dich um dich selber. Du kannst ja

tanzen! Und so hübsch! Komm doch näher! Tanz mit uns!«

Aber das war wieder etwas, was das Wesen verscheuchte. Weg war es.

»Und der Löwenzahn?« fragte Sonja ins Leere hinein. »Wie kann man ihn ausstechen, wenn er vor Schmerzen schreit?«

Da kam ein Stimmchen von oben aus dem Baum: »Nicht ausstechen, bitte. Der Löwenzahn ist nützlich. Euer Rasen braucht ihn.«

»Aber alle Leute stechen ihn aus!«

»Alle Leute sind dumm. Sie wissen nicht, daß der Löwenzahn sagt, was dem Gartenboden fehlt. Wo er wächst, da muß er tief aus der Erde heraus etwas holen, was der Rasen braucht und nicht hat. Darum hat er so lange starke Wurzeln. Und du stichst sie ihm ab!«

»Ich habs ja nicht besser gewußt. Aber was holen die Wurzeln denn heraus?«

»Wie das in eurer Sprache heißt, weiß ich nicht. Es ist eine Art Salz.«

»Aber wenn man den Löwenzahn einfach wachsen läßt, haben wir bald nichts anderes mehr im Garten.«

»Ihr dürft einige ausstechen, wenn's sein muß, aber nicht mit diesem Ding da. Ihr müßt eine Gabel haben mit runden Zinken und ganz vorsichtig erst mal den Boden ringsum lockern und die Wurzeln ganz langsam herausziehen. So, schaut her!«

Das Wesen hockte sich auf den Rasen, und dann tat es etwas ganz Verrücktes: es streichelte die Pflanze und sang ihr ein Lied vor in einer fremden Sprache.

»So«, sagte das Wesen, »jetzt ist sie eingeschlafen, jetzt spürt sie fast nichts mehr.«

Dann kratzte es mit den Händen, die lange Nägel hatten, den Boden auf und hob die Pflanze heraus und trug sie zum Komposthaufen.

»Jetzt stirbt sie aber«, sagte Sonja.

»Was ist das: stirbt? fragte das Wesen.

»Wenn was Lebendiges auf einmal nicht mehr lebt«, sagte Sonja. Das Wesen schaute sie erstaunt an und sagte: »Das gibts doch gar nicht. Alles Lebendige ist immer lebendig.«

»Das stimmt nicht«, sagte Simon. »Wenn der Löwenzahn jetzt verdorrt oder verfault, dann ist er eben tot.«

»Tot? Was ist das?« fragte das Wesen.

»Genau das Gegenteil von Leben«, sagte Simon.

»Aber es gibt doch nur Leben. Der Löwenzahn wird wieder zu Erde, und die Erde ist lebendig. Wenn sie nicht lebendig wäre, könnte ja nichts Lebendiges daraus werden.«

»Das stimmt«, sagte Simon.

»Aber«, sagte Sonja, »eins versteh ich nicht. Du hast mit dem Löwenzahn geredet, bevor du ihn ausgehoben hast. Aber eine Pflanze hat doch keine Ohren zum Hören!«

»Sie hört anders als du. Sie hört mit allen Zellen. Eigentlich hört sie nicht, sie fühlt.«

»Dann hat der Löwenzahn also wirklich geschrien, und es warst nicht du, was geschrien hat?« fragte Sonja.

»Das ist dasselbe: er und ich, wir beide. Neulich hast du auch geschrien, als jemand deinen Bruder geprügelt hat auf der Straße!«

»Ja, das stimmt«, sagte Sonja. »Mir tuts ja auch richtig weh, wenn der Nachbar seinen Hund schlägt. Als wenn er mich schlagen würde.«

»Siehst du. So ist das.«

»Aber . . .«

Sonja konnte nicht weiterfragen, denn das Wesen war verschwunden. Es konnte wirklich spurlos verschwinden, ohne daß sich ein Grashalm oder ein Blatt bewegte.

»Es löst sich einfach in Luft auf«, meinte Sonja, und Simon sagte: »Vielleicht ist es überhaupt nur aus Luft gemacht?«

»Nein«, sagte Sonja, »sonst könnte es ja nicht zum Beispiel den Löwenzahn aus der Erde ziehen. Aber aus Fleisch und Blut ists nicht. Ob wirs mal anrühren, wenns wiederkommt?«

»Warum eigentlich ists vorhin so plötzlich verschwunden? Ist es vor etwas erschrocken? Da war doch gar nichts.«

In diesem Augenblick hörten sie den Nachbarn

fluchen und schimpfen, und sie sahen, daß er seinem Hund einen Stein nachwarf. Der Hund jaulte. Er war wohl getroffen, und er versteckte sich.

»Das wars!« sagte Sonja. »Das Wesen hats im voraus gewußt. Drum ist es erschrocken.«

»Ob es alles voraus weiß?« meinte Simon.

»Horch!« sagte Sonja.

Sie hörten ein ganz leises Flötenspiel, so leise, daß es fast nicht zu hören war, und doch hörten sie es.

Sie schlichen den Tönen nach bis zum Gartenzaun. Da sahen sie, daß dort im Gebüsch der Nachbarhund lag. Er hatte die Ohren aufgestellt und hielt den Kopf schief, als hörte er etwas, und er hörte ganz gewiß auch die Töne, vielleicht sah er auch etwas, denn er schaute immer auf dieselbe Stelle. Jetzt sahen es die Kinder: das kleine Wesen saß dort auf den Hinterbeinen und hielt ein Stück Holz an den Mund, und obwohl das gar keine Flöte war, blies es darauf, und es klang schön. Als das Wesen aufhörte zu blasen, gab ihm der Hund die Pfote.

»Da schau mal«! rief Sonja, »der Hund sieht das Wesen!«

Simon sagte: »Ich hab mal gehört, daß Haustiere Gespenster sehen oder so etwas Ähnliches.«

»Oder Engel«, sagte Sonja. »Überhaupt die Unsichtbaren, das heißt die, die wir nicht sehen. Vielleicht gibt's gar nichts Unsichtbares, was meinst du?«

»Bakterien sieht man auch nicht, aber im Mikroskop sieht man sie«, sagte Simon.

»So ist es«, sagte eine Stimme, das war die des Vaters. »Und«, sagte er, »denkt mal, es gibt allerkleinste Teile der Materie, die wirklich unsichtbar sind.«

»Aber woher weiß man, daß es sie gibt, wenn niemand sie sieht?« fragte Simon.

»Das ist ein bißchen schwierig«, sagte der Vater; »man braucht dazu einen besonderen Apparat, in den man Röntgenstrahlen schießt, und auf einmal biegt der Strahl scharf ab, weil er auf ein Hindernis gestoßen ist, das man nicht sehen kann. Und so wie es kleinste Teilchen gibt, gibts auch sehr, sehr große Teile, die man nicht sehen kann: die Sterne.«

»Die kann man doch sehen, Papa.«

»Nicht alle. Man schaut mit dem größten Fernrohr zum Himmel und sieht ein schwarzes Loch und meint, da ist kein Stern, und dann schießt man auch so einen Strahl dorthin, und es geht wie bei den kleinsten Teilen: der Strahl biegt ab, also ist da was.«

»Interessant«, sagte Simon.

»Aber«, sagte Sonja, »das ist doch alles nicht dasselbe wie bei ...«

Simon gab ihr einen Stoß ans Schienbein. Sie verstand. Sie hätte beinah etwas von dem kleinen Wesen gesagt. Aber dann sagte sie nur »Sag mal, Papa, gibts Wesen, die mal sichtbar, mal unsichtbar sind?«

»Darauf weiß ich jetzt keine Antwort oder nur eine

sehr sehr schwierige. Darüber reden wir ein anderes Mal. Jetzt muß ich in die Klinik. Da gibts ein paar Patienten, die auch Sachen sehen und hören, die andre nicht sehen und hören.«

»Was denn, Papa?«

»Einer sieht einen Wolf, und eine hört immer Stimmen.«

»Aber sie sind krank, nicht wahr?«

»Ja, das sind sie wohl. Aber jetzt muß ich wirklich gehen.« Und er ging. Simon und Sonja schauten sich an, und dann sagte Sonja: »Aber wir sind doch nicht krank.«

Simon sagte: »Wer weiß.«

Da hörten sie ein lautes Rauschen im Baum, so als ob ihn jemand heftig schütteln würde. Nur diesen Baum, keinen andern. Der Wind wars nicht. Und dann hörten sie das Stimmchen: »Ihr sollt nicht mit Erwachsenen darüber reden! Wenn ihr noch einmal darüber redet, werde ich wirklich unsichtbar, und ihr könnt mich dann auch nicht mehr hören.«

Das Rauschen im Laub hörte auf, und dann sahen sie so etwas wie einen hellen Schatten wegspringen und verschwinden.

»So«, sagte Simon, »jetzt ist es weg. Wenns nun nie mehr kommt?«

»Wir dürfen eben mit niemand mehr über solche Sachen reden«, sagte Sonja, »dann wirds schon wieder kommen.«

Aber es kam so schnell nicht wieder, das heißt: es ließ sich so schnell nicht wieder sehen und hören.

»Wo es wohl ist?« sagte Simon, aber das wußte Sonja auch nicht.

»Wir können es nicht mal rufen«, sagte Sonja, »weil wir seinen Namen nicht wissen. Ob es überhaupt einen hat?«

»Muß es haben«, sagte Simon. »Alles hat einen Namen.«

»Wie könnte es wohl heißen?«

Am Abend fragten sie ihre Mutter so allerlei, rund um die Frage, die sie eigentlich auf der Zunge hatten. Zum Beispiel fragten sie: »Mama, wie heißt der große Stern da oben?«

»Venus«, sagte die Mutter.

»Mama, wie heißt das Tier, aus dem dein Pelzmantel ist?«

»Ozelot«, sagte die Mutter: »das ist eine Art Wildkatze.«

»Mama, hast du dein griechisches Sagenbuch noch?«

»Ja, warum?«

»Steht da drin, wie die Geister heißen, die im Wasser wohnen?«

»Geister? Im Wasser? Ach so: Nymphen.«

»Und die in den Bäumen?«

»Dryaden. Warum wollt ihr das wissen? Braucht ihrs fürs Kreuzworträtsel?«

»Nein, nein, nur so. Und wenn die Griechen mit diesen Dryaden reden wollten, wie haben sie sie dann angeredet?«

»Na hört mal, wie soll ich das wissen. Fräulein Dryade vielleicht. Oder Herr Faun. Also ihr habt Fragen.«

»Da gabs also Männer und Frauen bei den Waldwesen?«

»Ich weiß doch nicht. Ich sag das nur so.«

»Andre Namen hatten sie nicht, Mama?«

»Jetzt hört aber auf mit dem Unsinn. Ich muß lesen.«

»Aha«, sagte Simon zu Sonja, »Dryaden und Faune. Was meinst du, ist unser Wesen ein Männchen oder ein Weibchen?«

»Sie gingen in den Garten und riefen in die Baumkrone hinauf: »Dryade, komm wieder!«

Keine Antwort. Dann probierten sie es mit Faun.

»Lieber Faun, komm doch wieder.«

Da hörten sie ein Gelächter. Es klang fast wie ein kleines Glockenspiel. Lustig klang es. Aber eine Antwort bekamen sie nicht.

Eines Tages sagte Simon: »Ich möchte bloß wissen, wo es früher war, als wir es noch nicht getroffen hatten.«

Da hörten sie das Stimmchen: »Früher war ich immer hier.«

»Immer?«

Immer.«

»Aber du mußt doch eines Tages hierher gekommen sein?«

»Ich war immer da.«

»In unserm Garten?«

»Da war kein Garten. Da war ein Wald. Da habe ich in einer Birke gewohnt. Das war schön. Aber dann hat man die Bäume alle gefällt. Meine Birke auch. Da bin ich umgezogen in einen Hollunderstrauch. Aber auch den hat man umgeschnitten. So haben sie mich und meine Geschwister von Baum zu Baum gejagt, bis keiner mehr da war. Dann haben die Leute angefangen, Häuser zu bauen und Gärten anzulegen. Und da hab ich den Birnbaum gefunden. Er war noch ganz klein, aber er ist schnell gewachsen, ich hab ihm dabei geholfen. Seither wohne ich im Birnbaum.«

»Wie kannst du da wohnen? Hast du ein Nest wie Vögel? Oder eine Höhle im Stamm wie der Uhu?«

»Ich bin im ganzen Baum.«

»Wie denn das?«

»Das ist eben so.«

»Wohnst du im Stamm?«

»Auch. Überall. In den Wurzeln wohnen auch noch andere: meine Geschwister.«

»Was für welche?«

»Erdzwerge.«

Jetzt mußte Simon lachen. »Erdzwerge! So was gibts doch nicht, außer in Märchen.«

Das war offenbar eine Beleidigung. Das Wesen verschwand, sie hörten es aber noch eine Weile fauchen wie eine Katze. Es saß im Baum, war aber unsichtbar.

Am Abend sagte der Vater: »Also, ich hab nachgedacht über eure Frage, obs Wesen gibt, die mal sichtbar, mal unsichtbar sind.«

»Und?«

»In den Sagen, den germanischen, gibt es so was. Es ist da die Rede von Tarnkappen. Wenn man sie aufsetzt, ist man unsichtbar. Aber jetzt möchte ich doch wissen, wie ihr gerade auf solche Fragen kommt.«

»Nur so, Papa«, sagte Simon, und Sonja sagte: »Wir denken halt über solche Sachen nach. Du nicht, Papa?«

»Auf meine Art schon. Ich muß doch bei meinen Patienten herausbringen, was sie wirklich sehen und hören und was außen ist und was bloß innen in ihrer Fantasie.«

»Kriegst du das raus, Papa?«

»Nicht immer. Es ist verdammt schwierig.«

»Aha«, sagte Sonja und wollte noch etwas sagen, aber Simon trat ihr heimlich auf den Fuß, da schwieg sie.

Dann regnete es wieder mal Tag für Tag, und die Kinder gingen nicht in den Garten, bis es schließlich aufhörte. Da sahen sie, daß eins der zwei jungen Pflaumenbäumchen die Blätter hängen ließ. Die Kin-

der sagten es der Mutter. Die schaute sich das Bäumchen an und sagte: Das ist krank.

Das sahen die Kinder selber. Aber was für eine Krankheit es hatte, wußte die Mutter auch nicht.

Als sich der Vater das Bäumchen angesehen hatte, sagte er: »Da sind wohl Wühlmäuse im Boden. Die nagen die Wurzeln ab. Mal sehen, wie die Sache in ein paar Wochen aussieht. Wenns schlimmer wird, müssen wir den Baum umhauen. Aber jetzt muß ich in die Klinik.«

Da sahen die Kinder, wie das Bäumchen zitterte.

»Es hat Fieber«, sagte Simon.

»Oder es hat Angst«, sagte Sonja. »Es hat doch gehört, daß Papa vom Umhauen geredet hat.«

Sonja streichelte das Bäumchen und sagte: »Keine Angst haben! Wir lassen dich schon nicht umhauen, sei ganz ruhig. Wir rufen den Faun zu Hilfe. Ob er kommt, wenn wir ihn ›Faun‹ rufen?« Aber er kam nicht.

»Also«, sagte Sonja, »Faun heißt er nicht, wie aber? Es ist kein Hase und auch kein Eichhörnchen. Es ist was dazwischen. Wir müssen einen ganz andren Namen finden.«

»Vielleicht einen lateinischen«, sagte Simon.

»Warum das?«

»Weil die Pflanzen und Tiere alle einen lateinischen Namen haben.«

»Warum?«

»Weil man das in der ganzen Welt versteht.«

»Aha. Aber das Wesen ist ja kein Tier, Simon, dann hats auch keinen lateinischen Namen.«

»Dann tun wir so, als wärs ein Hase, oder ein Eichhörnchen.«

»Schauen wir mal im Lexikon nach.«

Das taten sie. Zuerst mal im lateinischen. Also: »Hase heißt lepus, und Eichhörnchen heißt sciurus. Das ist alles nicht schön.«

»Und auf Französisch?«

»Wart mal. Oh, das ist schwierig: e-cur-e-u-il.«

»Das geht nicht. Und auf Englisch?«

»Hase heißt hare. Das geht nicht.«

»Und Eichhörnchen?«

»S-quirrel.«

»Squirrel, du, das ist hübsch, das paßt. Squirrel. Da sieht mans hüpfen und auftauchen und verschwinden.«

»Aber Sonja, das ist doch ein Tiername. Wenns aber kein Tier sein will und wieder beleidigt ist, wenn wir's so rufen?«

»Probieren wirs mal, es kann doch sicher nicht Englisch.«

Sie riefen beide: »Squirrel!« Im selben Augenblick saß es vor ihnen, das heißt vor dem Bäumchen und war gar nicht beleidigt. Es kratzte sich hinterm Ohr, genau wie der Vater es machte, wenn er scharf nachdachte, aber wenn ihm noch nicht das Rechte einfiel.

»Squirrel«, sagte Sonja, »entschuldige, wenn ich dich so anrede, aber ich weiß deinen richtigen Namen nicht.«

Das Wesen schien gar nicht zuzuhören. Es fing an, im Boden zu scharren.

»So hart!« sagte es; »ein so harter Boden, in dem ersticken ja die Wurzeln.«

Es scharrte eine Weile weiter, aber dann hörte es auf. »Zu hart!« sagte es, »das kann ich nicht.« Dann legte es sich flach auf den Boden und redete in einer Sprache, die sie nicht verstanden, mit jemand, den sie nicht sahen, dann richtete es sich auf und sagte: »Sie möchten ein Schälchen mit Milch und Honig.«

»Wer sie?« fragten die Kinder.

»Bringt es! Bringts rasch!«

Die Kinder schauten sich verwundert an, aber das Wesen, das offenbar Squirrel heißen wollte, sagte: »Sehr ihr nicht, daß es höchste Zeit ist? Lauft!«

Da liefen sie, was sie konnten, und füllten in der Küche ein Schälchen mit Milch und Honig.

»Was macht ihr denn da«? fragte die Mutter; »ihr füttert doch wohl nicht fremde Katzen? Ich mag keine Katzen im Garten wegen der Vögel.«

»Nein, nein, keine Katzen«, riefen die Kinder und trugen das Schälchen zum kranken Baum. Da saß das Squirrel und streichelte den Baum und redete mit ihm.

»Und jetzt«, sagte es zu den Kindern, »vergrabt das Schälchen hier zwischen den Wurzeln.«

Sie taten es.

»So«, sagte das Squirrel, »jetzt soll der Baum schlafen. Aber erwartet nicht, daß er gleich gesund wird.«

Das hatten sie nämlich in diesem Augenblick gedacht.

»Und wie lang wird es dauern?« fragten sie.

»Bis wieder Vollmond ist«, sagte das Squirrel und verschwand.

»Das sind fast vier Wochen«, sagte Simon. »Na schön, wenns nur überhaupt wieder gesund wird.«

Zunächst schien das Gegenteil der Fall: das Bäumchen ließ Blatt um Blatt fallen, und das sahen schließlich auch der Vater und die Mutter.

»Der Baum ist krank«, sagte der Vater, »den werden wir umhauen müssen!«

»Nein«! schrien die Kinder, »nicht umhauen!«

»Aber Kinder«, sagte die Mutter, »so ein kranker Baum sieht häßlich aus.«

»Und vielleicht steckt er andre Bäume an«, sagte der Vater.

»Nein«! riefen die Kinder, »der wird wieder gesund.«

»Na, so siehts nicht aus«, sagte der Vater, und die Mutter sagte: »Fragen wir doch den Nachbarn, der versteht mehr von Gärtnerei als wir.«

»Der«? schrien die Kinder; »der versteht gar nichts von Pflanzen, der sprüht ja Gift, sonst fällt dem gar nichts ein.«

»Aber Kinder«, sagte der Vater, »der Baum da ist nun mal krank, und kranke Bäume gehören weg.«

Da rief Sonja: »So, und du willst ein Arzt sein? Bringst du deine Patienten auch gleich um?«

Da mußten die Eltern lachen, und der Vater sagte: »Nun gut, der Baum soll eine Chance haben, aber wenn er ganz dürr ist, dann dürfen wir ihn doch umhauen?«

»Der wird nicht dürr«, schrien die Kinder. »In vier Wochen ist er gesund!«

»Na na na«, sagte der Vater, »woher wollt ihr das wissen?«

»Weil . . .«

In diesem Augenblick fiel ein Ästchen vom Baum auf Simons Nase, und er redete nicht weiter.

Die Mutter sagte: »Vielleicht sind wirklich Wühlmäuse an der Arbeit. Wir sollten doch mal aufgraben.«

Das war ein guter Einfall, aber dann wurde der Vater ans Telefon gerufen, und die Mutter ging mit ihm ins Haus, und dann vergaßen sie den Einfall.

»Aufgraben«, sagte Simon, »ja, das hat das Squirrel ja auch gemeint. Der Baum erstickt, hat es gesagt. Wir müssen aufgraben.«

Sie holten einen Spaten aus dem Schuppen und Simon wollte gerade in den Boden stechen, da fing das Bäumchen heftig zu zittern an.

»Es hat Angst«, sagte Sonja, »Vielleicht sollten wir

keinen Spaten nehmen. Mit dem stechen wir die Wurzeln ab, oder wir treffen ein Erdmännchen.«

Da hörten sie das Stimmchen: »Keinen Spaten, sondern die kleinen Gabeln, und nicht einstechen, sondern ganz sanft den Boden lockern, Stückchen für Stückchen rund um den Stamm. So weit wie oben die Äste reichen, so weit reichen unten die Wurzeln. Vorsicht! Und mit dem Bäumchen reden!«

»Kann es uns dann verstehen«? fragte Sonja.

»Ja«, sagte das Squirrel, »es versteht. Alle Pflanzen und alle Tiere verstehen Menschensprache, aber nicht die Worte, sondern den Ton. Es fühlt ihn. Ganz kleine Kinder verstehen ja auch noch kein Wort, und sie verstehen doch, ob man gut zu ihnen ist oder nicht.«

»Dann sind ja Menschen und Pflanzen und Tiere gar nicht so verschieden voneinander«! sagte Sonja.

»So ist es«, sagte das Squirrel. »Alles ist alles, und alles ist Eins. Aber jetzt arbeitet weiter!«

Allmählich hörte das Bäumchen zu zittern auf. Es hatte keine Angst mehr. Es war so ruhig, als sei es eingeschlafen, und Sonja fragte »Können Bäume schlafen?«

»Ja«, sagte das Squirrel, »im Winter schlafen sie, und da spüren sie auch fast nichts. Drum darf man nur im Winter Äste absägen, wenn man sie wirklich absägen muß.«

»Woher weißt du das alles«? fragte Simon.

Aber diese Frage schien es nicht zu verstehen.

Oder es mochte einfach nicht antworten. Es sagte nur: »Vorsicht, daß ihr kein Erdmännchen stecht!«

»Ach, du mit deinen Erdmännchen«, sagte Simon. »An die glaube ich nun wirklich nicht. Zeig mir doch mal eins!«

In diesem Augenblick flog ihm von unten her ein Bröckchen Erde ins Gesicht, und er hörte im Boden ein eiliges Trippeln. »Hörst du«? sagte Simon. »Da sind doch Wühlmäuse an den Wurzeln!«

Da sagte jemand ganz deutlich: »Dummkopf!«

Es war nicht die Stimme des Squirrels, und sie kam nicht von oben, sondern von unten, aus der Erde. Auch Sonja hatte sie gehört.

»Na so was«! sagte sie, »jetzt reden die da unten auch mit uns!«

»Es gibt sie also«, sagte Simon und war sehr verwirrt. »Ich hab doch gemeint, die gibts nur in Märchen.«

»Vielleicht«, sagte Sonja, »sind die Märchen wahr?«

Sie wollten das Squirrel fragen, aber das war weg, und gleich darauf war ihnen klar, wovor es geflohen war: der Nachbar kam in seinen Garten. Aber wie sah er aus! Er hatte eine blauschwarze Gasmaske vor dem Gesicht und einen blauschwarzen Anzug, und auf dem Rücken trug er einen Tornister mit einem Schlauch, und schon ging es los: puff-puff-tsch, puff-puff-tsch... Er sprühte Insektengift.

»Squirrel«! riefen die Kinder, »schau dir das an!«

Aber schon flog dem Nachbarn etwas auf den Kopf, ein kleiner Ast, und dann noch einer und noch einer. Er schaute hoch, sah aber niemand, und sprühte weiter. Da flogen von allen Seiten her Dinge auf ihn: Rindenstücke und Polster von dürrer Baumflechte und leere Nußschalen. Es hagelte nur so. Jetzt wurde es dem Nachbarn doch zu bunt, er nahm die Gasmaske ab, kam an den Zaun und schrie: »Ich werd euch helfen, nach mir zu werfen! Ich sags euerm Vater! Der wird euch was blasen.«

»Aber wir tun doch gar nichts«, sagten die Kinder.

»Lügt nicht! Wer solls denn sonst tun?«

»Wir sicher nicht.«

In diesem Augenblick flog ihm ein dürrer Fichtenzapfen direkt auf die Nase, und den konnten wirklich nicht die Kinder geworfen haben, denn die standen am Zaun und warfen nichts.

»Also irgendwer ist da in den Bäumen versteckt! Schaut doch mal nach, ob ihr was seht. Das ist doch unerhört, nach mir zu werfen! Seht ihr niemand?«

Er sah freilich niemand, aber die Kinder sahen etwas: sie sahen nicht nur ihr Squirrel, sondern viele, in jedem Baumwipfel saß eines, und sie waren in höchster Aufregung, fuchtelten mit Armen und Händen und redeten so laut durcheinander, daß die Kinder sich wunderten, wie der Nachbar das nicht hören konnte. Irgendwas hörte er.

»Also Vögel sind das!« sagte er. »Vögel werfen diese Sachen. Sonderbar. Ich sehe keine. In meinem Garten gibts keine Vögel. Ich mag sie nicht. Die Amseln kratzen nur in den Beeten und fressen die Kirschen, und die Spatzen machen bloß Dreck und Lärm. Und ihr da drüben, ihr hängt auch noch Nistkästen auf, und im Winter füttert ihr sie. Verrückt. Aber wehe, wenn eure Vögel zu mir rüberkommen!«

Da warfen die Squirrel alles nach ihm, was sie finden konnten, bis es ihm doch zu viel wurde.

»Also, ihr da drüben, könnt ihr mir erklären, wer da wirft?«

»Ja«, sagte Simon, aber Sonja gab ihm einen Rippenstoß, daß er schweigen soll, und dann sagte Sonja: »Vielleicht, Herr Nachbar, sinds doch die Vögel, die Ihnen etwas sagen wollen.«

»Na was denn«? fragte der Nachbar spöttisch.

»Sie wollen vielleicht sagen, daß Sie nicht Gift sprühen sollen.«

»Ach geh. Ich muß doch sprühen, sonst nehmen die Insekten überhand.«

»Wenn Sie nicht die Vögel vertrieben hätten, gäbe es nicht so viele Insekten und Sie müßten nicht Gift sprühen. Die Vögel nämlich fressen Insekten.«

»Ja, und Beeren und Kirschen und Salat.«

»Das bißchen, das ein paar Vögel fressen!«

»Das bißchen, sagt ihr. Na, und alle Kirschen und Erdbeeren und Birnen sind angefressen, bitte, ist das vielleicht schön? Und überhaupt: so viele Insekten können Vögel nicht fressen. Da muß schon der Insektenspray her.«

»Insektenspray ist aber Gift! Und wenn Sie die Insekten vergiften, dann vergiften Sie auch Ihr Obst, und dann vergiften Sie sich selber!«

»Quatsch«! sagte der Nachbar, »das Gift verschwindet nach einiger Zeit von selber. Man darf nur frisch gespritztes Gemüse und Obst nicht essen.«

»Ach so. Und bitte, wohin geht das Gift, wenns verschwindet«? fragte Simon.

»Es verschwindet eben. Wenns nicht so wäre, müßten wir längst krank sein«, sagte der Nachbar.

»Vielleicht sind Sie krank«, sagte Sonja, »und Sie wissen es nur noch nicht. Papa sagt, viele Leute wissen nicht, wie krank sie sind.«

»Ja, ja«, sagte der Nachbar böse, »Ärzte sind immer froh, wenn Leute krank sind, da verdienen sie Geld.«

»Unser Papa nicht«! rief Simon, »der will nicht, daß Leute krank werden. Der sagt: wenn die Leute vernünftiger leben würden, dann könnten sie gar nicht krank werden.«

Sonja rief: »Unser Papa sagt, die Leute werden krank, weil sie zueinander so böse sind.«

»Ha, ha«! sagte der Nachbar, »ihr seid ja Siebengescheite. Ihr seid Papageien. Ja, Papageien. Schwätzt alles eurem Papa nach.«

Da sagte jemand so laut, daß man meinen konnte, es

donnere in der Ferne: »Das Gift in seinem Gehirn ist schlimmer als das Insektengift, das er sprüht.«

Das war nicht die Stimme des Squirrel und nicht die eines Erdmännchens. Es war eine mächtige Stimme, und sie kam nicht aus dem Boden und nicht aus den Bäumen. Sie kam von überallher, aber niemand war zu sehen. Der Nachbar mußte sie doch auch gehört haben. Irgendwas hatte er sicher gehört, denn er fuhr zusammen, schaute rings um sich und schüttelte sich, als ob ihm kalt wäre, dann ging er rasch weg, er lief sogar und schlug die Kellertür laut hinter sich zu.

Auch die Kinder waren erschrocken vor der fremden Stimme.

»Squirrel«, riefen sie, »Squirrel, was war das?«

Da sahen sie das Squirrel auf dem Boden sitzen . Sein Fell hatte sich gesträubt, und es hielt sich die Ohren zu. Es war sichtlich erschrocken.

»Squirrel, wer hat da gesprochen«? fragte Sonja.

Das Squirrel nahm die Hände von den Ohren, schaute vorsichtig um sich und sagte leise: »ER.«

»Wer?«

Es sagte noch leiser: »Pan. Aber fragt nicht weiter!«

Und weg war es.

»Pan«? sagte Simon. »Pan. Hab ich doch schon mal gewußt. Der kommt doch in den griechischen Sagen vor, oder?«

»Ich weiß nicht«, sagte Sonja. »Fragen wir die Mama, die weiß was von diesen Sachen.«

»Pan«? sagte die Mutter, »ja, das weiß ich. Das ist ... wie soll ich sagen: also eine Art Waldgott, halb Mensch halb Tier. Aber natürlich gab es ihn nie. Er war nur eine Vorstellung der Menschen. Wenn sie im Wald vor etwas erschraken, sagten sie: das ist Pan. Daher kommt auch das Wort: panische Angst. So, genügt euch das? Nein? Warum sagt ihr denn gar nichts?«

»Weil ... Also, weil ...« sagte Sonja.

»Was denn?«

»Es hat den Pan also gar nie gegeben?«

»Natürlich nicht. Ich sagte euch doch, er war nur in der Vorstellung der Menschen da.«

»Also war er doch da«! sagte Simon.

»Naja. In der Fantasie«, sagte die Mutter.

»Aber wenn jemand den Pan reden gehört hätte«? sagte Sonja.

»Reden? Nun, im Wald hört man viele Geräusche und Laute: den Wind in den Bäumen, das Rauschen von Quellen, das Laufen und Schreien von Tieren. Das alles zusammen schien den Leuten dann eine einzige Stimme, und sie sagten: Das ist Pan.«

»Aha«, sagte Simon, »so ist das.«

Und Sonja sagte: »Mama, was würdest du tun, wenn der Pan in unseren Garten käme?«

»Ich würde zu Papa in die Klinik gehen und mich untersuchen lassen auf meinen Geisteszustand. So, jetzt muß ich arbeiten.«

Die Kinder gingen in den Garten. Da stand der Nachbar am Zaun und schaute herüber.

»Na, sagte er, »den Baum da müßt ihr fällen. Der ist krank. Wahrscheinlich hat er einen Ungeziefer-Befall. Wehe, wenn die Schädlinge zu mir herüberkommen.«

Sonja rief hinüber: »Der Baum hat kein Ungeziefer und krank ist er auch nicht.«

»So, so. Und warum läßt er die Blätter fallen«? fragte der Nachbar.

»Tut er ja gar nicht mehr«, rief Simon.

Wirklich: es lag kein einziges gelbes Blatt unterm Baum.

»Ja«, sagte der Nachbar, »weil ihr sie zusammenkehrt; mich täuscht ihr nicht. Na, ihr werdet schon sehen.«

Es war aber wirklich so: kein Blatt fiel mehr ab.

»Du, Simon«, fragte Sonja leise, »wann ist Vollmond?«

»Jetzt nimmt er schon zu, es dauert also nicht mehr lang, vielleicht zehn Tage.«

»Herr Nachbar«, sagte Sonja, »wollen wir wetten?«

»Was denn?«

»Daß unser Baum in vierzehn Tagen gesund ist?«

»Ja, da wette ich. Da verlierst du aber! Ich kenne mich aus mit kranken Pflanzen. Also, was wetten wir?« »Sagen wir: zehn Mark.«

Der Nachbar lachte. »Und woher nimmst du die zehn Mark?«

»Von Ihnen«, sagte Sonja. »Gilt die Wette?«

»Sie gilt. Aber du verlierst!«

Sonja sagte gar nichts mehr. Der Nachbar blieb noch am Zaun stehen.

»Blattläuse habt ihr auch, seht ihr das nicht? Die fressen euch das Gemüse kahl, wenn ihr nicht sprüht.«

»Wir sprühen kein Gift«, sagte Simon.

»Na«, sagte der Nachbar, »mir kanns ja egal sein, ob ihr Gemüse habt oder nur kahle Strünke.«

Damit ging er ins Haus.

Simon sagte: »Das mit den Blattläusen stimmt. Was sollen wir denn dagegen tun?«

Da hörten sie das vertraute Stimmchen vom Baum herunter. Er sagte: »Brennesseln!«

»Brennesseln? Das ist doch Unkraut. Was sollen wir denn damit tun?«

»Pflücken. Ins alte Faß legen. Wasser drauf. Einige Wochen stehen lassen. Dann mit dem Wasser gießen. Das vertreibt die Blattläuse.«

»Danke, Squirrel, aber das dauert lang. Gibt's nichts, was schneller hilft?«

»Doch«, sagte das Squirrel, »morgen.«

»Was: morgen?«

Aber das Squirrel war weg.

Als sie am nächsten Mittag nach der Schule in den Garten kamen, war ihnen vor Schreck beinah schlecht geworden: da schwirrte es nur so von winzigen Käferchen.

»Marienkäferchen«! rief Sonja, »die bringen Glück.«

»Ja«, sagte Simon, »eines oder zwei, aber nicht tausend! Um Gottes willen, wenn das der Nachbar sieht! Aber wie hat uns das Squirrel das antun können? Es wollte uns doch helfen.«

»Helfe ja«! rief das Stimmchen. »Die Marienkäferchen vertilgen die Blattläuse. Seht doch, wie sie die Blätter säubern!«

Wirklich: schon waren es viel weniger Läuse, und drei Tage später waren sie verschwunden, und von den Marienkäferchen waren nur mehr wenige da. Als der Nachbar über den Zaun schaute, war er höchst erstaunt.

»Was habt ihr denn gemacht? Doch gesprüht?«

»Nein«, sagte Simon, »abgeleckt!«

Sonja mußte lachen, und der Nachbar war beleidigt.

Da hörten sie vom Baum herunter eine Stimme: »Das ist häßlich von euch! Warum sagt ihr dem Mann nicht, daß er sich Marienkäferchen von den Wiesen holen soll?«

Simon sagte: »Squirrel, da wird er ja doch meinen, wir verspotten ihn. Der geht doch nicht Marienkäferchen fangen! Der nicht. Der sprüht Gift.«

»Ja«, sagte Sonja, »und das Gift kommt auch zu uns herüber, und wir können uns nicht wehren. Hast du nicht gehört, wie er neulich sagte: Das ist mein Garten, da kann ich tun was ich will?«

Da glitt das Squirrel vom Baum herunter und saß vor ihnen und dachte nach, und vor lauter Nachdenken kaute es an seiner Schweifspitze, die es hochgezogen hatte. »Was denkst du denn«? fragte Sonja.

»Etwas, das ich euch schon lang fragen will.«

»Nämlich?«

»Was ist das: mein Garten, euer Garten?«

»Na«, sagte Simon, »das ist doch ganz klar. Das hier ist unser Garten und drüberhalb vom Zaun, das ist Nachbars Garten, und er sagt: mein Garten. Und jeder, der so ein Stück hat, sagt: mein Garten. Du sagst doch auch: das ist mein Baum.«

»Nein«! rief das Squirrel. »Nie sage ich das!«

»Aber es ist doch dein Baum«! sagte Simon.

»Nein. Ich bin der Baum«! sagte das Squirrel.

»Aber hör mal«, sagte Simon, »du bist doch kein Baum, du bist doch auf dem Baum oder meinetwegen im Baum, aber du bist nicht der Baum.«

»Doch«, sagte es. »Wenn ich nicht da wäre, dann wäre der Baum nicht da. Versteht ihr das nicht?«

»Ehrlich gesagt: nein.«

Das Squirrel schaute sie traurig an, dann verschwand es, aber es kam gleich wieder.

»Macht nichts«, sagte es. »Ich versteh ja auch nicht, was MEIN ist.«

»MEIN, das ist, was einem gehört«, sagte Simon.

»Wie geht das, daß einem was gehört«? fragte das Squirrel.

»Sehr einfach«, sagte Simon. »Man kauft etwas, dann gehört es einem.«

»Wie geht Garten-Kaufen?«

»Man kauft ein Stück Land und macht einen Zaun drum rum, dann kann man sagen: MEIN Garten.«

»Ja«, sagte das Squirrel, »aber wem gehörte es vorher?«

»Auch jemand, der es gekauft hat.«

»Ich meine: ganz am Anfang, wem gehörte es da?«

»Niemand vielleicht«, sagte Simon.

Sonja sagte: »Aber das mußt doch du besser wissen, Squirrel, du bist schon länger da als wir. Du hast gesagt, du warst immer hier.«

»Ja, aber sonst niemand. Kein Mensch.«

»Und als die Menschen kamen?«

»Da gehörte alles allen.«

»Wie die Luft«, sagte Sonja. »Und die Wolken. Und die Sonne. Und das Wasser.«

»Nein«, sagte Simon, »das Wasser nicht. Das gehört der Stadt.«

»Nein«, sagte das Squirrel. »Das gehört allen. Und das Feuer. Alles.«

»So einfach ist das nicht«, sagte Simon.

»Erklärs«! sagte das Squirrel.

Da merkten die Kinder, daß sie es nicht erklären konnten, warum etwas MEIN ist. Das Squirrel machte sie ganz verwirrt mit diesen Fragen, und umgekehrt gings auch dem Squirrel so: es verstand das alles einfach nicht. Es dachte eine Weile nach, dann sagte es: »Das alles gehört dem großen Pan.«

Da rauschte es mächtig in den Bäumen, und das Squirrel verschwand wie weggeblasen.

Am Abend, als die Kinder schon im Bett lagen, sagte Simon: »Du, Sonja, verstehst du das alles? Ich meine dies: daß wir mit so einem Wesen reden können, als wärs ein anderes Kind, ein wirkliches, ich meine, so wie wir wirklich sind.«

»Was ist da zu verstehen«? sagte Sonja. »Es ist eben so wie es ist. Papa sagt ja auch oft, es gibt mehr Dinge zwischen Himmel und Erde als sich der Mensch träumen läßt.«

»Du, Sonja, ob wohl andre Kinder auch solche Wesen kennen oder wenigstens so ähnliche?«

»Da müßten wir sie fragen. Aber da drüber darf man doch nicht reden.«

»Warum eigentlich nicht?«

»Weil es das Squirrel sagt.«

»Aber einmal frag ich doch wen.«

»Nein! Schlaf jetzt.«

Sie lagen eine Weile still, und man hätte glauben können, sie seien eingeschlafen. Aber dann sagte Simon: »Sonja, ob unsre Eltern, als sie klein waren, auch solche Wesen kannten?«

Sonja gab keine Antwort, aber Simon sah, daß sie sich aufgesetzt hatte.

»Was ist«? fragte er.

»Hörst dus nicht«? sagte Sonja.

»Was denn?«

»Musik!«

»Das wird das Radio unten sein.«

»Nein, nein, horch doch! Das kommt aus dem Garten. Da singt wer.«

»Nein, das ist eine Flöte.«

Sie liefen ans Fenster, und da sahen sie jemand beim Pflaumenbäumchen. Sie sahen ein Licht. Es mußte jemand mit einer Taschenlampe sein. So dachten sie. Aber so war es nicht.

Das Licht bewegte sich, es lief den Stamm hinauf und an den Ästen entlang, und dann glitt es wieder auf den Boden, und da saß es nun und war das Squirrel, mit dem Rücken an den Stamm gelehnt, und blies die Flöte, das heißt, es blies auf einem Stückchen Ast, und der Baum bewegte seine Blätter dazu, aber keins fiel mehr ab.

Simon sagte: »Sonja, weck mich auf, ich träum'!«

»Ich auch, Simon.«

Aber sie träumten nicht, sie waren hellwach. Auf einmal erlosch der Lichtschein, und der Garten lag dunkel und stumm da.

Als die Kinder am Morgen aufwachten, sagte Sonja: »Ich hab was Wunderschönes geträumt: das Squirrel war wie ein Licht, und es blies auf der Flöte.«

Simon rief: »Das gleiche hab ich auch geträumt.«

Sonja sagte: »Aber vielleicht wars gar kein Traum.

Hör mal, wir sind doch aufgestanden und ans Fenster gegangen. Das war doch wirklich«.

»Ja, das war wirklich. Das schon. Aber das andre, das haben wir doch geträumt«, sagte Simon.

»Aber«, sagte Sonja, »Träume sind auch was Wirkliches. Papa hat gesagt, er läßt seine Patienten ihre Träume erzählen, obwohl er Nervenarzt ist und ihn nur wirkliche Sachen was angehen, Nerven und Gehirn und so. Aber er sagt, aus Träumen kann er Krankheiten erkennen. Dann sind Träume doch was Wirkliches.«

»Aber«, sagte Simon, »was wir heute nacht gesehen haben, das war kein richtiger Traum. Zwei Leute können nicht zu gleicher Zeit den gleichen Traum haben und im Traum darüber reden.«

»Stimmt«, sagte Sonja. »Geträumt haben wir nicht, aber was dann?«

Sie kamen nicht weiter mit Denken, und Sonja sagte: »Also, das ist halt so, wie es ist. Und wir wissen nicht, ob nicht alle andern Leute oder doch alle Kinder auch solche Sachen erleben. Vielleicht ists ganz normal, aber niemand traut sich darüber zu reden, weil jeder Angst hat, der andre hält ihn für verrückt. Wenn wir nur mit Papa darüber reden könnten. Ich meine immer, der könnte so was verstehen.«

Als sie am nächsten Morgen in den Garten kamen, trauten sie ihren Augen kaum, aber es war so: um den Stamm hatte sich ein schöner Kreis aus frischem Gras gebildet, genau dort, wo unten die Wurzeln aufhörten und oben die Äste, und genau dort, in den Ästen, war ein Kreis von winzigen neuen Blattknospen.

»Sonja«, rief Simon, »in einigen Tagen ist Vollmond! Deine Wette! Du hast gewonnen!«

»Das Squirrel hat gewonnen«! sagte Sonja.

Da rauschte es im Laub und das hörte sich an, als ob jemand Beifall klatschte. Vor lauter Freude tanzten die Kinder um den Baum, und sie hörten, daß oben im Wipfel das Squirrel mittanzte.

»Was ist denn los«? sagte eine Stimme. Es war der Vater, der in den Garten kam.

»Papa, Papa«, riefen die Kinder, »komm her, schau!«

»Was soll ich denn anschauen?«

»Ja siehst dus nicht? Schau erst mal auf den Boden!«

»Ich sehe: das gibts öfters, eine bestimmte Grassorte wächst so im Kreis, das nennt man einen Hexenkreis.«

»Ja, aber oben im Baum, schau doch, da ist auch so ein Kreis, aber aus Knospen!«

»Tatsächlich«, sagte der Vater. »Frische Austriebe, und jetzt im heißen Sommer. Sonderbar! Aber die werden bald verdorren, es ist nicht die rechte Zeit für sie.«

Aber Simon rief: »Sonja hat gewonnen. Sie hat mit dem Nachbarn gewettet, daß der Baum wieder gesund wird, und es ist bald Vollmond.«

Sonja gab ihrem Bruder einen Stoß mit dem Ellbogen und legte den Finger auf den Mund.

»Ja, bald ist Vollmond«, sagte der Vater, aber er konnte natürlich nicht verstehen, was der Vollmond mit dem Baum zu tun hatte und mit Sonjas Wette.

»Was hast du gewettet, Sonja?«

»Daß der Baum wieder gesund wird.«

»Und jetzt«, sagte Simon, »gewinnt sie zehn Mark!«

Der Vater lachte und ging zu seinem Auto, er hatte es eilig.

»Immer hat ers eilig«, sagte Sonja, »immer hat er was zu tun. Er kommt mir vor, als wenn in seinen Ohren immerzu das Telefon klingelt. Kaum sitzt er wo, springt er auf und muß fort.«

»Er sagt, es gibt immer mehr Patienten.«

»Mama sagt, die Welt ist ein Narrenhaus.«

»Papa sagt, fast alle Leute sind krank.«

»Warum ist das wohl so?«

»Er sagt, daß sie immerzu was wollen, was sie nicht kriegen können und sie wissen nicht mal genau, was sie wollen.«

»Mama sagt, sie laufen wie die Hamster im Rad wie die, die wir in der Tierhandlung gesehen haben, weißt du noch?«

»Ja, die laufen und laufen und kommen nicht vom Fleck.«

»Die armen Hamster, die werden auch verrückt,

ganz sicher. Vielleicht merken sie gar nicht, daß sie immer auf derselben Stelle treten.«

»Papa sagt, fast alle Leute sind nervenkrank. Was das wohl genau ist? Wir müssen ihn doch mal fragen.«

»Du, Sonja, meinst du, wir sind auch nervenkrank?«

»Wieso?«

»Weil wir Sachen sehen, die andre nicht sehen.«

Da hörten sie im Baum oben jemand lachen, und der lachte so, daß es den ganzen Baum schüttelte.

»Der lacht uns aus«! sagte Simon. »Das ist eine Frechheit! Wir wissen, wer da lacht. Hör sofort auf, uns auszulachen! Und überhaupt: wenn wir verrückt sind, bist du schuld! Und dann gibt's dich gar nicht und wir sind krank!«

Da brach das Lachen ab, und es wurde totenstill im Garten.

»So«, sagte Sonja, »jetzt hast du es beleidigt. Wie kannst du sagen, daß es unser Squirrel nicht gibt! Wenn du es verjagt hast, kommt es vielleicht nie wieder!«

»Na schön«, sagte Simon trotzig, »dann werden wir endlich wieder normal.«

»Was hast du denn plötzlich«, fragte Sonja. Aber Simon sagte nichts mehr und ging böse fort.

»Squirrel«, rief Sonja, »bitte, sei nicht beleidigt. Bitte, komm wieder. Mir zuliebe!«

Da fiel ihr ein kleines Zweiglein auf den Kopf, das

war das Zeichen, daß das Squirrel mit ihr nicht böse war. Aber es zeigte sich lange nicht mehr, und auch Simon kam lange nicht mehr in den Garten.

Der Mond war inzwischen gewachsen, und dann war er schließlich voll, und als Sonja zum Pflaumenbaum kam, sah sie, daß aus den winzigen Blattknospen schöne gesunde Blätter geworden waren. Sie sagte es Simon, aber der sagte nur: »Von mir aus. Laß mich in Ruhe. Ich werde jetzt normal.«

Da mußte Sonja lachen, aber das machte ihn sehr zornig, er lief weg und schlug die Tür zu, daß es nur so knallte.

Sonja sagte: »Wenn das normal ist? Mir scheint eher, er ist jetzt verrückt geworden und war vorher normal.«

Das sagte sie so zu sich selber. Da sah sie das Squirrel sitzen. Es sagte: »Er ist krank, aber er wird wieder gesund genau wie das Bäumchen. Geduld!«

Und weg war es.

Als sie am Nachmittag in den Garten kam, stand da der Nachbar am Zaun. Er schnitt die Hecke, aber auf einmal hörte oder sah er irgend etwas, und er blickte auf, die offene Heckenschere in der Hand, und so blieb er stehen und starrte auf den Pflaumenbaum. Sonja sah, wie er die Augen schloß und sie wieder aufriß und sie nochmal schloß und nochmal aufriß, dann legte er die Heckenschere weg und putzte seine Sonnenbrille, aber das half alles nichts, er sah, was er nicht glauben konnte: das Pflaumenbäumchen war voller frischer grüner Blätter.

»Also, das ist ... das ist doch ... Ja, das versteh, wer kann ... Nein, nein, das kann nicht sein ...«

Dann kam ihm ein Einfall: Aha, die haben einen neuen Baum gepflanzt! Man sieht ja noch den frischen Kreis im Rasen. Da haben sie das Pflanzloch gut getarnt! Haha! Ich laß' mich doch nicht reinlegen von denen! Zehn Mark Wette! Ja, was denn. Nichts kriegt sie! »He du, Sonja! Komm mal her! Wenn du meinst, daß ich blöd bin!«

»Warum soll ich das meinen«? fragte Sonja erstaunt.

»Meinst du, ich seh nicht, daß Ihr einen neuen Baum gepflanzt habt! Aber merk dir: ein Baum im Juli gepflanzt, geht ein! Im Januar oder Februar muß man pflanzen!«

»Aber wir haben doch gar keinen neuen Baum gepflanzt. Das ist unser Pflaumenbäumchen, das krank war, und jetzt ists wieder gesund geworden.«

»Gibts nicht.«

»Doch. Kommen Sie doch mal rüber.«

»Ja, das tu ich, das tu ich.«

Und schon stieg er über den Heckenzaun, aber da blieb er mit seiner Hose hängen, jemand lachte laut, das war das Squirrel, und Sonja verkniff sich das Lachen. »Verdammt«, sagte der Nachbar, »das ist mir die Sache nicht wert. Oder doch. Doch.«

Und er stieg vollends herüber. Aber die Hecke hielt das Stück von seiner Hose fest, und er kriegte es nicht los. Ehe Sonja ihm helfen konnte, riß er sich mit Gewalt los, und nun stand er vor dem Pflaumenbaum. Aber alle Blätter wandten sich von ihm ab nach der andern Seite. Der Baum mochte den Mann nicht, das war deutlich. Sonderbar, daß der Mann das nicht sah, oder, wenn ers sah, nicht verstand. Er meinte wohl, der Wind streiche die Blätter alle nach einer Seite.

Schließlich sagte er: »Also gut, der Baum hat sich erholt. Aber das beweist nicht, daß er gesund ist. Das nennt man eine vorübergehende Besserung.«

Damit stieg er über die Hecke zurück und fluchte über die zerrissene Hose.

»Herr Nachbar, die Wette«! rief Sonja, aber er rief zurück: »Abwarten, abwarten!«

Da fiel ihm von seinem eigenen Apfelbaum ein großer, unreifer Frühapfel direkt auf die Nase. Sonja konnte ihn nicht geworfen haben, das mußte er selber zugeben. Er sagte auch nichts weiter und ging wütend ins Haus.

Als Sonja am Abend die Sache ihrem Vater erzählte, sagte der nur: »Ach, laß ihn, den Armen, der ist selber sein ärgster Feind, und weil er sich selber nicht mag, mag er andre nicht, weder Menschen noch Tiere noch Pflanzen. Aber, paß mal auf, du kannst was für ihn tun, Sonja: geh zu ihm hinüber und sag ihm, wir laden ihn ein zu dem Fest am Sonntag.«

»Was für ein Fest?«

»Mutters Geburtstag. Da laden wir Freunde ein, Kollegen, und machen ein Gartenfest.«

»Mit Lampions?«

»Ja, und mit Musik, und mit einer Bar, und mit Tanz, einfach mit allem, was so dazu gehört. Hilfst du mir beim Vorbereiten? Ja? Und Simon? Was ist eigentlich mit dem? Der schleicht so herum, als ob er krank sei.«

»Ist er auch, Papa. Das heißt, krank ist er vielleicht nicht, nur er ist jetzt normal.«

»Wie bitte?«

»Ja, er ... ach Papa, ich kanns nicht erklären. Er sagt selber: Ich bin jetzt normal.«

»Das ist aber ein schlimmes Zeichen, Sonja. Meine Schwerkranken in der Klinik meinen auch, sie seien normal und alle andern seien verrückt.«

»Papa, du nimmst mich nicht ernst.«

»Doch, nur wenn du mir nicht sagst, was du eigentlich meinst, kann ich dir nicht ernsthaft antworten.«

»Ach Papa, das ... das geht nicht. Ich ... Nein, es geht wirklich nicht.«

»Schön. Es gibt Geheimnisse. Ich respektiere sie. Wenn du eines Tages aber reden kannst, dann rede. Ich nehme dich ernster als du denkst. Aber nun müssen wir an die Vorbereitungen zu Mutters Geburtstag denken. Hier hast du Geld. Kauf dafür Lampions in allen Farben und sag zu Simon, er soll dir helfen beim Aufhängen zwischen den Bäumen.«

Die Aussicht auf das Fest machte Simon ein bißchen munterer. Er half beim Einkaufen und beim Aufstellen von Tischen im Gartenhaus, wo eine Bar eingerichtet werden sollte mit Essen und Getränken, und er hängte die Lampions auf, und einmal hörte Sonja, wie er in den Birnbaum hinauf sagte: »Also, tut mir leid; nur: du mußt verstehen, daß ich kein kleines Kind mehr bin und daß ich über alles nachdenke und nicht mehr alles glaube. Ich weiß ja wirklich nicht mehr, ob das alles wirklich wirklich ist oder alles bloß Fantasie oder was sonst.«

Da raschelt es im Baum und man hörte deutlich das Stimmchen: »Du redest ja mit mir, also glaubst du, daß es mich gibt, oder?«

»Ja, schon«, sagte Simon, »nur weiß ich nicht, ob du was in mir selber bist oder auch was außerhalb, verstehst du?«

»Kein Unterschied«, sagte das Squirrel.

»Wie das«? fragte Simon, aber er bekam keine Antwort. Sonja sah, wie er den Kopf schüttelte und sich dabei mit den Fingern in den Ohren bohrte, erst links, dann rechts, dann in beiden zugleich, als höre er nicht mehr gut. Aber das half offenbar nichts, und er gab es auf.

Tags darauf war dann das Gartenfest. Eine Menge Leute kamen, und auch die Nachbarn, sogar der, den sie nicht mochten. Ein paar Kinder von Vaters Kollegen waren auch dabei. Der Garten war ganz verzaubert mit den vielen bunten Lampions, die an Drähten zwischen den Bäumen aufgehängt waren. Dazu schien auch noch der Vollmond und spiegelte sich im Wasserbecken und ein leichter Sommerwind wehte. Überall waren Lautsprecher versteckt, aus denen eine sanfte Musik kam, als käme sie aus den Sträuchern und Rosenbeeten. Das Gartenhäuschen war als Bar eingerichtet, und jeder konnte sich dort selber was zu essen und zu trinken holen. Auf der Terrasse konnte man tanzen. Das alles war hübsch, wirklich sehr hübsch, und die Gäste waren lustig, sogar der Vater, der sonst so ernst war; er tanzte mit der Mutter und dann mit andern Frauen, und die Mutter tanzte mit andern Männern, und die Kinder sprangen herum und spielten Fangen.

Auf einmal sah Sonja, daß auf dem Dach des Gartenhäuschens das Squirrel saß. Wie ein Mensch saß es da, die Beine übereinandergeschlagen, die Ellbogen auf die Knie gestützt, das Kinn auf den Händen, so beobachtete es neugierig die Leute. Nach einer Weile sah Sonja, daß auf allen Bäumen Faune saßen, und sie hatten gar keine Angst, sie saßen richtig vergnügt da und wiegten sich zum Takt der Musik, und ein wenig später sah Sonja, wie sie Ästchen abbrachen und sie wie Flöten an den Mund hielten und bliesen. Sonja konnte ihre Musik nicht hören, weil die Musik aus den

Lautsprechern sie übertönte. Aber einmal machte die Musik eine Pause, und da hörte Sonja das Flötenkonzert der Faune.

»Horch«, sagte Sonja zu ihrem Vater, »hörst du?«

»Was denn«? fragte er.

Aber da fiel Sonja ein, daß Erwachsene ja diese Musik nicht hören können, und sie mischte sich schnell wieder unter die Gäste. Dann begann die andre Musik wieder, die aus den Lautsprechern; jetzt wars ein Walzer, ein langsamer. Und auf einmal sah Sonja, daß ihr Squirrel vom Gartenhausdach heruntersprang, mitten unter die Leute, und da kamen auch die andern, und sie tanzten mit, aber niemand sah sie. Sonja hatte Angst, daß jemand sie anrempele oder träte, aber sie wichen ganz leicht aus oder lösten sich einfach auf und kamen ganz wo anders wieder zum Vorschein, zum Beispiel sprang eines dem Nachbarn auf den Rücken, und der merkte gar nichts, oder eines hängte sich an die Arme eines tanzenden Paars und schaukelte dort, und eines machte sich einen Spaß daraus, wie ein Blitz zwischen den tanzenden Beinen durchzuschlüpfen; die andern schlugen Purzelbäume und waren außer Rand und Band vor Vergnügen, und Sonja hörte sie lachen, das klang wie hundert kleine Glöckchen. Sonja dachte: Wie traurig, daß die Erwachsenen das nicht hören und sehen können.

Ob denn nicht wenigstens die Kinder der Gäste etwas merkten? Und wenn, ob sie es sagen würden?

Sonja fragte eins der Mädchen: »Sag mal, siehst du das dort?«

»Was denn?«

»Das, was herumspringt.«

»Die Leute, die tanzen? Natürlich seh ich sie; spinnst du?«

»Nein, ich meine was andres, sagen wir: was dazwischen herumspringt, so was Ähnliches wie Kinder in Pelzchen?«

»Pelzchen? Jetzt im Sommer. Also du bist verrückt.«

»Sag doch: hast du nie...«

Aber das Mädchen tippte Sonja an den Kopf und lief weg. Sonja probierte es bei einem andern, jüngeren. Von dem wußte sie, daß es noch mit seinem Teddybären im Arm schlief.

»Du, hast du deinen Teddy nicht mitgebracht?«

»Na, hör mal! Ich bin doch kein Baby.«

»Nein. Aber du hast ihn doch noch?«

»Na ja. So was wirft man nicht weg.«

»Sag mal: glaubst du, daß unsre Teddybären lebendig sind?«

»Lebendig?«

»Ja, weißt du, ich rede mit dem meinen. Du nicht?«

»Doch. Nachts im Bett.«

»Also glaubst du, daß er lebendig ist?«

»Ich weiß nicht. Richtig lebendig nicht, aber doch so was Ähnliches.«

»Also paß mal auf, ob du was siehst.«

Sonja rief so leise, daß es das andre Kind nicht hören konnte: »Squirrel!«

Und da saß es gerade vor den Kindern.

»Was ist das«? rief das Mädchen.

»Siehst du's«? sagte Sonja.

»Ich weiß nicht recht. Es ist was, aber ich weiß nicht was. So was wie ein Lichtfleck.«

»Schau doch genau!«

»Ich sehs doch nicht genau. Ich seh bloß, daß da was ist, aber was es ist, weiß ich nicht. Es rührt sich. Ach, das ist doch bloß der Schatten vom Laub! Der bewegt sich, wenn der Wind das Laub bewegt. Du willst mich wohl reinlegen!«

»Nein«, sagte Sonja, »ich schwör dir. Ich hätte dir bloß gern was Schönes gezeigt und wenn du mir glauben würdest, könntest du es sehen. Versuch doch nochmal!«

»Du bist vielleicht komisch«, sagte das Mädchen, aber dann rief es: »Das ist ja mein Teddy! Wie kommt der hierher?«

Da hörten sie ein leises Lachen, beide hörten es, und dann war das Wesen verschwunden.

»Du«, sagte Sonja, »das war nicht dein Teddy, oder vielleicht doch, wer weiß. Aber sags niemand, hörst du? Und komm mal allein zu mir, ja? Ich zeig dir noch mehr solche Sachen. Willst du?«

»Ja«, sagte das Mädchen, »aber ich hab ein bißchen

Angst. Es ist so sonderbar. Es ist wie ein Traum, aber doch auch wirklich. Da, jetzt seh ichs wieder. Es ist oben auf dem Dach vom Gartenhaus! Sag doch: was ist es?«

»Das sag ich dir ein anderes Mal.«

In diesem Augenblick rief jemand: »Also jetzt wollen wir endlich eine andre Musik. Rock oder so was!«

Jemand legte ein neues Band ein, und da kam eine sehr laute Musik, so plötzlich wie eine Explosion, die Leute fuhren ein bißchen zusammen, und wie erst die Faune! Die hatten vor lauter Vergnügen den Krach nicht vorausgehört. Jetzt stoben sie nach allen Seiten davon. Von da an war der Friede dahin. Weil die Musik so laut war, mußten die Leute lauter reden, einer lauter als der andre, und am lautesten war der Nachbar, der allmählich betrunken wurde und den man später nach Haus führen mußte.

Ein paar von den Kollegenkindern stritten und traten sich gegenseitig in den Bauch, und die Mütter schimpften und brachten die Kinder weg und heim. So wurde es allmählich leerer im Garten, und schließlich gingen auch die letzten. Die Lautsprecher wurden abgestellt, und da war es ganz still. Sonja hörte, wie der Garten aufatmete. Sie und Simon halfen aufräumen und die Lampions abnehmen und die Kerzchen ausblasen.

Daß der Rasen zertreten und ein Rosenstrauch

geknickt war und Pappteller und Orangenschalen herumlagen, obwohl Abfallkörbe dastanden, das sahen sie erst am nächsten Morgen. Als sie es sahen, weinten sie vor Zorn. Es dauerte ein paar Tage, bis der Garten sich von dem Schock erholt hatte.

Schließlich entdeckten die Kinder, daß das Radio noch lief, das man im Gebüsch neben dem Gartenhäuschen aufgestellt hatte. Sonja drehte daran, bis eine sanfte Musik kam.

»Ob unser Squirrel wohl wiederkommt«? fragte Sonja.

Und da war es, und es benahm sich ganz sonderbar: es zeigte immer auf eine Kletterbohne, die am Gartenhaus hochrankte. Was es wohl meinte? Warum sagte es nichts? Es konnte doch sprechen. Vielleicht sollten die Kinder selbst etwas entdecken.

Und sie entdeckten es, aber erst einige Tage später, doch verstanden sie noch nicht, was sie sahen: die Kletterbohne hatte sich von der Stange abgewickelt und sich auf das Radio gelegt. Die Kinder brachten sie wieder zurück an die Stange, aber die Bohne war eigensinnig: sie wickelte sich wieder auf und legte sich über das Radio. Und nicht nur sie: ihre Nachbar-Pflanze, weiter weg, streckte sich zum Radio aus, und der Kletterjasmin, den man an ein Holzgitter gebunden hatte, wuchs dem Radio entgegen. Das konnte nun alles einfach Zufall sein. Aber die Kinder waren es gewohnt zu beobachten und zu denken.

»Ob die Pflanzen da irgendwelche Strahlen spüren«? fragte Simon.

»Strahlen?«

»Radiumstrahlen oder so was.«

»Oder«, sagte Sonja, »sie mögen die Musik. Wie die Kühe.«

»Die Kühe? Du spinnst. Wie kommst du da drauf?«

»Ich hab's mal sagen hören. Man macht Versuche. Man spielt den Kühen im Stall Musik vor und bei mancher geben sie mehr Milch. Bei Mozart, zum Beispiel.«

»Weißt du was«, sagte Simon, »wir könnten ja mal messen, bei welcher Musik die Pflanzen schneller wachsen.«

Sie ahnten nicht, daß sie in diesem Augenblick ihren Beruf gefunden hatten: zwölf Jahre später machten sie ihre Versuche sehr genau und ernsthaft in einer Fachhochschule für Gartenbau, und noch später schrieben sie Bücher darüber zusammen mit ihrem Professor in den USA. Da hatten sie dann alles, was sie brauchten für ihre Versuche.

Jetzt aber hatten sie nur ein kleines Radio, das noch dazu mit Batterie lief, und die wurde immer schwächer und war eines Tages ganz und gar aus. Was tun?

Den Vater fragen.

Der hörte sich an, was seine Kinder sagten, und weil er ein kluger Vater war, sagte er nicht: Ihr seid verrückt, sondern: Das ist interessant; ich kann euch einen Recorder kaufen und Musik auf Bändern, dann könnt ihr selber die Musik wählen.

Von da an nannte er seine Kinder *Botaniker* und das Gartenhäuschen *Wissenschaftliches Labor*. Und das meinte er ganz ernst. Aber er mischte sich nie ein mit Ratschlägen. Er ließ die Kinder alles selber finden. Und sie fanden eine ganze Menge.

Sie meinten, zum Beispiel, die Pflanzen liebten einfach jede Musik. Falsch! Dann meinten sie, die Pflanzen liebten, wie die Faune, nur leise sanfte Musik. Falsch: sie liebten auch eine bestimmte Art von Jazz. Aber nicht jeden Jazz: den mit lautem Schlagzeug mochten sie gar nicht; da wandten sie sich nach einiger Zeit in die andre Richtung, weg vom Radio. Aber es war auch wieder nicht so, daß sie gar kein Schlagzeug mochten: leise Trommelwirbel mochten sie. Volksmusik liebten sie sehr.

Die Kinder schrieben jeden Tag auf, was sie sahen und maßen, und schließlich merkten sie, daß die Pflanzen an Tagen mit Musik schneller wuchsen, und daß die Pflanzen in der Nähe der Musikquelle kräftiger blühten. Sie merkten auch, daß Pflanzen, ob mit Musik oder ohne, nicht jeden Tag gleich viel wuchsen, sondern in Schüben, wie Kinder auch. Sonja meinte, man dürfe den Pflanzen nicht jeden Tag und jede Stunde Musik vorspielen, sonst müßten sie zu schnell wachsen. Sie müßten doch auch ausruhen dazwischen.

Einmal ließen sie ein Band stundenlang laufen mit einer lauten heftigen Musik. Am nächsten Tag hatten sich die Pflanzen abgewandt, und die Bohnenranke, die dem Radio am nächsten war, ließ die Blätter hängen.

Eines Tages sahen sie, daß einige Geranien auf der Terrasse gelb wurden und gerade dort, wo eine kränkliche Tante, die zu Besuch war, immer saß, wenn das Wetter gut war. Sie sagten es dem Vater. Der schaute bedenklich, sagte aber nichts. Die Mutter sagte: Zufall. Eine Woche später brachte man die Tante ins Krankenhaus. Sie hatte Krebs.

»Vater«, sagte Sonja, »haben die Pflanzen die Krankheit gespürt?«

»Möglich«, sagte der Vater. »Sehr wohl möglich.«

»Meinst du, sie erholen sich wieder?«

»Versuchts mal mit Musik«, sagte der Vater.

»Wie geht das zu, Vater, daß die Pflanzen Musik hören?«

»Sie hören nicht, sie fühlen, aber das ist eigentlich dasselbe. Musik, das ist eine Bewegung von Wellen, von denen die Zellen der Pflanzen Impulse bekommen; Anreize, die das Wachstum beschleunigen oder hemmen.«

»Papa, bekommen wir auch solche Impulse von der Musik?«

»Natürlich. Wenn du Tanzmusik hörst, willst du tanzen. Wenn du traurige Musik hörst, wird dir

schwer zumute, und scharfe Musik macht aufgeregt und streitsüchtig. Wenn ich aufgeregte Patienten habe, lasse ich sie sanfte Musik hören, und wenn es traurige Patienten sind, lasse ich eine lebhafte, heitere Musik spielen.«

»Ach ja, als wir klein waren und nicht einschlafen konnten, hat uns die Mama Wiegenlieder vorgesungen.«

»Und wenn die Soldaten Marschmusik hören, marschieren sie.«

»Sonderbar«, sagte Sonja, »wie das alles zusammenhängt.«

»Ja«, sagte der Vater, »alles hängt mit allem zusammen.«

»Also«, dann versuchen wirs mal mit Musik bei den kranken Geranien«, sagten die Kinder.

Sie brachten den Recorder auf die Terrasse, aber sie waren sich nicht einig, ob sie die müden Geranien mit einer lauten, lustigen Musik aufheitern sollten oder sie trösten mit einer sanften. So probierten sie beides, aber die Geranien blieben krank.

Wenn wir nur unser Squirrel fragen könnten! Das ist wieder mal verschwunden.

Aber da war es!

»Seid nicht ungeduldig«, sagte es. »Die Geranien sind nicht krank, sondern erschöpft. Sie haben der kranken Frau viel Kraft gegeben. Jetzt müßt ihr ihnen Kraft geben.«

»Du meinst vielleicht, sie brauchen ein Düngemittel«, sagte Simon.

»Nein, nein«, sagte das Squirrel; »eure Kraft brauchen sie.«

»Aber wie denn?«

»So geht das«, sagte das Squirrel, sprang auf die Terrassenmauer und beugte sich über die Geranien. Es schien, als redete es mit ihnen. Und wirklich, so war es. Die Kinder verstanden nicht, was es sagte, denn es hatte seine eigene Sprache. Sie fragten es, was es sagte. »Wenn ihr krank wärt, was möchtet ihr dann vom Vater oder von der Mutter hören«? fragte das Squirrel.

»Also, ich«, sagte Simon, »ich möchte hören, daß ich bald wieder gesund bin und daß die Krankheit nicht schlimm ist.«

»Und ich möchte hören, daß mich Vater und Mutter lieb haben, und ich möchte, daß sie mich streicheln.«

»Und daß sie mir was Gutes zum Trinken bringen.«

»Und mir sollen sie Musik vorspielen, damit ich einschlafen kann.«

»Na also«, sagte das Squirrel. »Genau das wollen alle Pflanzen und Tiere. Liebhaben muß man sie.«

»Genau das sagt unser Vater von den Menschen. Er sagt, die Leute werden krank, wenn keiner sie liebhat.«

»Das ist«, sagte Simon, »als wenn man nichts zu essen und zu trinken kriegt.«

»Sonderbar«, sagte Sonja, »daß das gleich ist bei Menschen und Pflanzen und Tieren.«

»Gar nicht sonderbar«, sagte das Squirrel.

Sonja sagte: »Ist es dann bei dir auch so wie bei Pflanzen und Tieren und Menschen? Ich meine, ob du Eltern hast, die dich liebhaben, zum Beispiel.«

»Eltern«? fragte das Squirrel.

»Du mußt doch eine Mutter haben, und einen Vater wohl auch«, sagte Simon.

»Hab ich nicht«, sagte das Squirrel.

»Unmöglich«, sagte Simon. »Wenn du keine Eltern hast, dann ... ja dann gibt's dich doch gar nicht!«

Da stieß das Squirrel einen Schrei aus, und weg war es.

»Dummkopf«! rief Sonja. »Wie kannst du so was sagen. Wenn ich jetzt zu dir sage, dich gibts nicht, was dann?«

»Das ist was andres«, sagte Simon. »Mich gibts wirklich, das ist klar.«

»So«, sagte Sonja, »das ist klar. Gar nicht klar. Vielleicht träum ich dich bloß, und wenn ich aufwache, bist du gar nimmer da.«

»Du spinnst«, sagte Simon. »Und überhaupt, das ist nicht logisch. Wenn ich nur im Traum da bin, ist das Squirrel auch nur im Traum da.«

»Vielleicht«, sagte Sonja, »sind wir alle nur im Traum da, aber das kommt dann aufs gleiche heraus, dann ist eben alles im Traum wirklich.«

»Meinetwegen«, sagte Simon. »Das ist alles verrückt, und ich mag das nicht reden und nicht denken, mir reichts.«

Und damit ließ er Sonja stehen und ging weg.

Sonja sagte in den Birnbaum hinauf: »Squirrel, entschuldige, Simon hats doch nicht so ernst gemeint, er glaubt ja doch, daß es dich gibt.«

Da raschelte es im Baumlaub, und ein Blatt fiel direkt auf Sonjas Nase, und das bedeutete, daß das Squirrel verstanden hatte. Aber es erschien doch lange nicht mehr. Es muß wirklich eine arge Beleidigung für ein Naturgeistlein denn sein, wenn man es für nicht wirklich hält.

Als es eine Woche nicht mehr kam, fing Sonja an zu denken, ob nicht Simon recht hatte; er war ja älter und vielleicht gescheiter. Es war ja doch sonderbar, daß sie das Squirrel zwar sahen, aber nie anrühren konnten. Es war, als wärs nicht da. Aber es war doch da, oder? Sonja dachte: Wenn ichs doch einmal streicheln dürfte!

Da saß es vor ihr, ganz nah, und sagte: »Das geht nicht.«

»Warum nicht«? sagte Sonja.

»Weil du ein Mensch bist«, sagte das Squirrel.

»Schade«, sagte Sonja. »Ich würde dich so gern streicheln, du hast so ein hübsches weiches Fell.«

»Jetzt hast du mich gestreichelt«, sagte das Squirrel, »mit deinen Augen und deinen Worten. Man muß nicht alles mit den Händen anfassen können. Fang mal den Wind! Fang mal einen Strahl vom Mond!«

»Aber einmal, nur ein einziges Mal, möchte ich dich anfassen, Squirrel«, sagte Sonja.

Das Squirrel gab keine Antwort. Da streckte Sonja ihre Hand aus, aber sie griff ins Leere. Das Squirrel saß da, aber es war nicht zu greifen.

»Siehst du«, sagte das Squirrel, »es geht eben nicht. Ich kann dich auch nicht anfassen.«

»Schade«, sagte Sonja.

»Schade«, sagte das Squirrel, und weg war es.

»Mit wem redest du«? fragte eine Stimme. Es war der Vater.

»Mit . . . also: mit mir selber«, sagte Sonja, aber sie wurde rot, weil sie gelogen hatte, und doch hätte sie die Wahrheit nicht sagen können.

Der Vater bestand auch nicht darauf.

Er mußte auch schon gleich wieder weg, weil er das Telefon klingeln hörte. Immer hatte er es eilig; und Simon fing auch schon an mit der Unruhe. Darum erschien ihm das Squirrel nicht mehr, vielmehr: er sah es nicht mehr, auch wenn es da war. Was er sah, das waren, zum Beispiel, die Raupen am Gemüse.

»Die müssen weg«, sagte er, »das sind Schädlinge.«

Das sagte auch der Nachbar, und schon hörten sie das Puff-puff-puff-tsch, Puff-puff-puff-tsch der Giftspritze. »Nicht hier rüber«! schrie Sonja. »Bitte, kein Gift hier rüber sprühen.«

Aber der Nachbar unter seiner Gasmaske hörte nicht, er sprühte weiter.«

»Squirrel«! rief Sonja, »hilf!«

Es half: plötzlich funktionierte der Giftsprüher nicht mehr. Er machte weiter puff-tsch, aber es kam kein Gift mehr aus der Düse. Der Nachbar merkte es nicht. Simon merkte es auch nicht.

»Danke, Squirrel«, sagte Sonja.

Simon sagte: »So, und wir, was tun wir jetzt? Unsern Garten fressen die Raupen.«

Da hörten sie das Stimmchen aus dem Baum: »Raupen auflesen und verbrennen!«

»Raupen auflesen? Pfui Teufel«, sagte Simon. »Und was für eine Arbeit wäre das. Da ist das Sprühen doch viel einfacher und wirkt gründlicher.«

»Und vergiftet euer Gemüse und euer Obst«, sagte das Stimmchen. Aber ich sage euch, was ihr tun könnt ich habs euch ja schon mal gesagt, aber ihr habts nicht getan. Sammelt Brennesseln am Bahndamm, legt sie in ein Gefäß mit Wasser, und nach einigen Wochen gießt ihr damit das Gemüse. Dann sterben die Raupen ohne Gift.«

»Bis dahin ist unser Garten kahlgefressen«, sagte Simon.

»Ich habe gesagt, ihr sollt die Raupen jetzt sammeln«, sagte das Stimmchen, und man konnte hören, daß es zornig war.

»Ich tu das nicht«, sagte Simon und ging weg.

Aber Sonja fing an, die Raupen von den Kohlblättern abzulesen. Auch ihr war das eine eklige Arbeit, aber es mußte ja sein. Natürlich konnte Sonja nicht in wenigen Tagen die ganze Arbeit tun. Es blieben noch viele Raupen. Es krochen auch immer neue aus.

Sonja war ganz verzweifelt.

»Squirrel so hilf mir doch, du«! rief Sonja.

Da hörte sie, daß das Squirrel auf seiner Astflöte blies. Was es wohl vorhatte? Sonja hielt sich ganz still und wartete. Sie war voller Vertrauen: das Squirrel würde schon helfen.

Und wirklich, es half. Und wie denn? Es lockte Vögel! Schon kamen ein paar geflogen, Amseln und andre, und es kamen immer mehr, ein ganzer Schwarm fiel ein, das ging alles im Nu. Es schwirrte von Flügeln, und das Gezwitscher machte einen fast taub.

»Um Gotteswillen, Squirrel«, sagte Sonja, »wenn das der Nachbar hört! Der leidet keine Vögel im Garten!«

Aber der Nachbar war nicht zu Hause und kein Mensch störte die Vögel bei ihrer Arbeit. Als sie schließlich aufflogen, waren kaum mehr Raupen zu sehen.

»Danke, danke Squirrel«! rief Sonja.

»Die Brennesseln«! sagte das Stimmchen. »Du mußt auch die Brut vernichten, sonst war die Arbeit der Vögel umsonst.«

Da fing Sonja also an, die Brennesseln zu sammeln und sie in ein Faß mit Regenwasser zu legen. Aber Blattläuse und Raupen und Wühlmäuse waren nicht die einzigen Störer im Garten, das zeigte sich bald.

»Maulwürfe«! sagte die Mutter und schaute betrübt auf den Rasen mit den frisch aufgeworfenen Maulwurfshaufen. »Die Tiere müssen weg«, sagte sie; »aber wie? Am besten wir kaufen Fallen, die wir in die Gänge legen, oder wir streuen Gift hinein.«

»Nein«! schrie Sonja, »kein Gift, Mama, damit vergiften wir unsern Boden und uns selber.«

»Na ja, also dann: Fallen.«

Und sie ging wirklich fort, um Fallen zu kaufen, nicht solche wie für Mäuse, sondern größere, solche, die wie eine Zange sind, zwischen die man ein Blechplättchen einzwängt. Wenn der Maulwurf das berührt, schnappt die Falle zu, und drückt dem Tier den Nacken ab.

»Squirrel«, sagte Sonja, »was meinst du dazu?«

»Ich meine dazu, daß Ihr etwas nicht wißt: Maulwürfe sind doch nicht schädlich.«

»Aber Squirrel schau doch, wie sie den Rasen kaputtmachen.«

»Ihr Menschen seid sonderbar«, sagte das Squirrel; »alles, was euch nicht paßt, bringt ihr um. Als ob alles euch gehören würde. Nur weil euer Rasen ein paar Erdhäufchen hat, wollt ihr die guten Maulwürfe töten.«

»Aber die fressen doch die Wurzeln ab!«

»Gelogen«, sagte das Squirrel. »Maulwürfe fressen nie Wurzeln, die fressen Engerlinge und andre Tiere im Boden. Die sind nützlich!«

»Aber man sieht doch, daß dort, wo Maulwurfsgänge sind, die Pflanzen von unten her angefressen wurden.«

»Aber nicht von den Maulwürfen! Von den Mäusen! Die machen sich's nämlich bequem: die graben nicht selber, sondern benützen die Gänge der Maulwürfe, wo sie sie finden.«

»Ach so«, sagte Sonja. »Dann dürfen wir also keine Fallen für Maulwürfe aufstellen?«

»Nein, das dürft ihr nicht.«

»Aber wenn die Mutter es doch tut?«

»Dann gräbst du die Fallen wieder aus. Sehr einfach. Und die Erdhügelchen, die euch nicht gefallen, die machst du einfach mit dem Rechen eben.«

»Aber die Wühlmäuse?«

»Warte«, sagte das Squirrel, und war weg. Als es wiederkam, ließ es allerlei vor Sonja auf die Erde fallen: Sonja sah, daß es Blätter vom Nußbaum waren und Zweiglein von der Tujahecke aus einem Nachbargarten, und Knoblauchzehen, wer weiß, wo es die gefunden hatte.

»Das stopfst du jetzt in die Gänge«, sagte das Squirrel. »Den Geruch mögen die Mäuse nicht. Da fliehen sie.«

Da kam die Mutter zurück mit einem Bündel von Maulwurfsfallen.

»So«, sagte sie, »jetzt hilf mir, sie herzurichten und in die Gänge zu legen.«

»Aber Mama, die Maulwürfe sind doch gar nicht schädlich. Das Squirrel sagt ...«

Da fiel ihr ein Ästchen aufs Gesicht, gerade rechtzeitig, ehe sie weiterreden konnte.

»Wer sagt was?« fragte die Mutter.

»Ich meine, du sollst diese Fallen nicht aufstellen, weil die Maulwürfe gar nicht schaden, im Gegenteil!«

»Die schaden dem Rasen, das siehst du doch! Ich plage mich seit Jahren für diesen Rasen, und diese elenden Tiere machen ihn kaputt.«

»Aber sie fressen dafür Engerlinge und andre Schädlinge.«

»Mag sein, aber sie zerstören meinen Rasen.«

Sonja sagte nichts mehr, aber sie half auch nicht, sie ging einfach weg.

»Muß Hausaufgaben machen«, sagte sie, und dagegen konnte die Mutter nicht gut etwas einwenden.

Am Abend ging Sonja in den Garten und steckte vorsichtig in jede Falle ein Stückchen Holz, damit sie zuschnappte. Da hörte sie vom Birnbaum her ein lustiges Lachen und ein leises Klatschen, das war der Beifall des Squirrels.

Die Mutter wunderte sich, daß ihr Rasen ein paar neue Erdhügelchen hatte.

»Die Fallen taugen nichts«, sagte sie. Weil sie aber nie lange Zeit hatte für eine Sache, vergaß sie die Maulwürfe, zumal Sonja eifrig die Hügelchen einebnete und frischen Grassamen streute. Die häßlichen Fallen zog sie heraus und warf sie in die Mülltonne auf der Straße, wo die Mutter sie nicht mehr finden konnte.

»Also, das geht so nicht weiter«, schrie der Nachbar über die Hecke herüber; »eure Maulwürfe kommen zu mir herüber. Ihr müßt etwas dagegen tun!«

»Aber«, rief Sonja zurück, »die schaden doch nicht, die nützen, die fressen Engerlinge.«

»Das weiß ich, du Naseweis«, sagte der Nachbar; »aber sie leisten gute Arbeit für die Mäuse, und die fressen die Wurzeln ab. Also weg mit den Maulwürfen!«

»Wir haben schon Fallen aufgestellt«, sagte Sonja, und das war wahr.

»Dann ists ja gut«, sagte der Nachbar. »Hör mal: für jeden toten Maulwurf zahl ich dir eine Mark. Abgemacht?«

Sonja sagte: »Sie schulden mir noch zehn Mark.«

»Ich dir?«

»Ja, ich hab die Wette mit dem Pflaumenbaum gewonnen. Schauen Sie ihn an, wie schön gesund er ist.«

»Was redest du da? Eine Wette? Du träumst. Du faselst was zusammen.«

Sonja sagte: »Und Sie lügen.«

Das stimmte. Aber welcher Erwachsene läßt sich das von einem Kind sagen! Der Nachbar schrie: »Du abscheuliches Ding du! Wart, ich sags deinem Vater.«

»Ich auch«, sagte Sonja und ging weg.

Der Nachbar sagte natürlich dem Vater nichts, denn er wußte selber, daß er gelogen hatte. Aber das konnte er nicht zugeben. »Die Kinder von diesem Doktor sind wirklich zu frech«, sagte er laut. Aber da hörte er ein Stimmchen aus dem Baum: »Lügenbold, Lügenbold, Geizhals, Geizhals!«

Er hörte es deutlich, aber er sah niemand, der das sagte. Da lief er rasch ins Haus.

Auch Sonja sagte ihrem Vater nichts, denn sie mochte nicht petzen. Sie ging zum Gartenhäuschen, um wieder einmal Versuche mit Pflanzen und Musik zu machen. Simon hatte gar kein Interesse mehr daran. Aber jetzt saß er dort, doch tat er gar nichts, er saß nur so da und Sonja sah, daß es ihm schlecht ging.

»Bist du krank«, Simon?

»Ach was.«

»Was ist dann los mit dir? Du hast so sonderbare Augen, wie aus Glas.«

»Blödsinn.«

»Nein«, Simon, »mit dir ist was.«

Plötzlich fing er an zu weinen, und dann kam's heraus: in der Schule hatte er dem Biologielehrer von den Versuchen mit Pflanzen und Musik erzählt, und der hatte ihn ausgelacht. »Wie alt bist du? hatte er gefragt. Elf? Nein, du bist noch ein Kleinkind, das an Märchen glaubt, du gehörst in den Kindergarten, nicht ins Gymnasium. Oder aber du lügst mir was vor, um dich wichtig zu machen. Aber bei mir nicht, mein Lieber. Ich werde mit deinem Vater reden. Vielleicht hat der die richtige Medizin für solche Spinner wie du einer bist. Da haben alle Mitschüler gelacht. Nur einer hat gesagt: Du, das würde mich interessieren, darf ich mal kommen? Er kommt morgen, und ich weiß nicht ...«

»Was?«

»Ob ich selber überhaupt noch all das glaube.«

»Aber die Versuche mit den Pflanzen, die sind doch nichts zum Glauben, die sind was zum Sehen, Simon!«

»Ja, ja, schon. Aber ... Ach, ich weiß nicht. Ich hab das Gefühl, daß ich verrückt war und daß ich jetzt normal bin, und ich weiß auch gar nicht, was ich dem Jungen aus meiner Klasse sagen und zeigen kann.«

»Abwarten«, sagte Sonja.

Als Simon weggegangen war, sagte Sonja: »Squirrel, hilf! Was sollen wir tun und sagen?«

Das Stimmchen sagte: »Keine Sorge. Erst machst du das Spiel mit den Bienen.«

»Was für ein Spiel?«

»Ich schicke dir ein paar Bienen, die fliegen auf dich zu, und du mußt eigentlich Angst haben, daß sie dich stechen, aber du bleibst ganz ruhig und läßt sie auf deine Hand sich setzen, und du sagst: Liebe Bienen, stecht mich nicht.«

»Und sie stechen nicht?«

»Wenn du keine Angst hast und nicht nach ihnen schlägst!«

»Zeig mirs jetzt, Squirrel!«

Schon kamen einige Bienen und auch Wespen geflogen, direkt auf Sonja zu. Schon wollte sie nach Ihnen schlagen, aber das Squirrel rief: »Nicht! Wenn du nach ihnen schlägst, werden sie sich verteidigen und dich stechen.«

Also ließ Sonja die Bienen und Wespen kommen. Sie setzten sich auf ihre Hände und taten nichts, als daß sie sich putzten fast wie Kätzchen. Das sah hübsch aus, und Sonja hatte nicht die geringste Angst. Da flogen sie alle wieder weg.

»So«, sagte das Squirrel, »das war der Anfang. Und jetzt machen wir die Sache mit der Schere.«

»Was für eine Sache?«

»Du sagst Simon, er soll mit einer Schere ein Stück von einem Bohnenblatt abschneiden.«

»Wozu denn das? Es tut der Bohne weh.«

»Ja, aber die Jungen müssen etwas lernen, damit sie nie mehr einer Pflanze wehtun.«

»Und was geschieht?«

»Das wirst du morgen sehen. Und dann versuchen wir etwas, aber das sag ich euch erst morgen. Die

Sache mit der Schere sollst du aber jetzt gleich machen.«

Weg war es.

Sonja erzählte Simon die Sache mit der Schere.

»Na schön«, sagte er; »bin neugierig, was für eine Spinnerei das sein soll.«

Er ging also in den Garten und schnitt einer Bohne ein Blatt mitten durch. Es passierte gar nichts.

»Na, und jetzt?«

Sonja sagte: »Morgen sollen wirs erfahren.«

Und sie sahen es. Beides, das mit den Bienen und das mit der Pflanze.

Kaum war der Junge im Garten, da kamen schon die Bienen und Wespen geflogen, und natürlich schlug er nach ihnen. Aber Sonja streckte die Hände aus und war ganz ruhig, als sich die Tiere drauf setzten.

Und der Junge sagte: »Wie geht das?«

Sonja sagte: »Das geht, weil ich keine Angst habe.«

»Aha«, sagte der Junge, der Phil hieß; »das ist so wie mit den Hunden. Es gibt keine bösen Hunde, wißt Ihr. Es ist nur so, daß sie riechen, wenn ein Mensch Angst hat, und wenn einer Angst hat, wird er auch gleich sich verteidigen wollen, und schon greift er an, bevor der andre ihn angreift. Wenn man aber keine Angst hat, weiß der Hund, daß ihm nichts passiert, dann wird er zutraulich.«

»Ja«, sagte Sonja, »das ist bei den Menschen genauso. Unser Vater sagt, es gibt keine bösen Leute, nur solche, die Angst haben und darum angreifen.«

Jetzt streckte auch Phil die Hände aus und schaute zu, wie sich Bienen und Wespen darauf niederließen.

Simon sagte: »Na, bis sie euch stechen!«

Aber sie stachen nicht, sie flogen friedlich wieder davon. Und jetzt, sagte Sonja, »jetzt die Sache mit der Schere. Komm, Simon.«

Simon war jetzt neugierig, was sich ereignen würde. Er nahm also die Schere, und sie gingen zusammen zum Gartenhaus.

»Schneid' ein Bohnenblatt ab«, sagte Sonja.

Aber bevor er dazu kam, fing die Pflanze an zu zittern, als ob der Wind sie streifte. Es war aber kein Wind. Alle andern Pflanzen waren völlig ruhig.

Phil sagte: »Die Bohne hat Angst vor der Schere, klar, das heißt, klar ists nicht, aber es ist wohl so. Geh mal weg, Simon!«

Die Pflanze zitterte weniger, aber beruhigte sich immer noch nicht. Erst als Simon die Schere weit weg trug, wurde sie ruhig.

Die Kinder machten den Versuch viele Male, und immer erlebten sie das gleiche.

Sonja schaute triumphierend. Simon zuckte die Achseln. Phil aber sagte: »Eigentlich ist die Sache doch klar. Die Pflanze hat gespürt, daß Simon ihr wehtun will. Das spüren wir doch auch, wenn uns jemand was Böses tun will oder wenn uns jemand gern hat. Das sind Strahlungen. Klar.«

»Woher weißt du das«? fragte Sonja.

»Mein Vater ist Physiker. Der sagt, daß alles, was es gibt, Strahlen aussendet und daß alles auch so was wie Antennen hat, und alles ist miteinander in Verbindung.«

Daß Phils Vater Physiker war, imponierte Simon, und jetzt war er geneigt, die Sache zu glauben. Nur natürlich: daß es Faune gab, das würde kein Physiker wahrhaben wollen. Aber Simon versuchte doch, aus Phil herauszufragen, was der über Naturgeister dachte.

»Sag mal, Phil, glaubst du, daß das stimmt, was ganz früher die Leute glaubten: daß es Nymphen gibt und Elfen und Faune und solche Sachen?«

»Nein«, sagte Phil, »das glaube ich nicht. Das sind nur menschliche Vorstellungen.«

»Ist also gar nichts dran?«

»Doch. Aber das sind nur Namen für Kräfte, verstehst du? Die Pflanzen leben, und da meinten die Leute früher, sie leben, weil was Lebendiges in ihnen ist, und dem gaben sie Namen.«

»Aha«, sagte Simon. »Aber wenn du mal so ein Wesen hören oder sehen würdest?«

»Dann würde ich wissen, daß meine Fantasie etwas hört und sieht, und das wäre eben auch wahr und wirklich, doch eben nur in mir drinnen.«

»Aha«, sagte Simon wieder. »Aber du hast noch nie so was gesehen?«

»Ich weiß nicht recht«, sagte Phil. »So im Halbschlaf. Oder als ich noch klein war. Einmal hab ich ... Ja, jetzt erinnere ich mich: einmal hab ich an meinem Bett etwas gesehen, etwas mit großen Flügeln, und als ichs meiner Großmutter erzählte, sagte sie: Das war dein Engel. An Engel glaube ich nicht mehr. Aber das beweist nichts.«

In diesem Augenblick hörte Phil etwas, und Sonja hörte es auch: das Flötenspiel. Es kam aus dem Baumwipfel.

»Wer ist da droben?« fragte Phil.

»Niemand«, sagte Simon. »Das ist der Wind.«

Da fiel ihm wieder einmal etwas auf die Nase: eine halbreife Birne.

»Na«, sagte Phil, »bei euch spukts!«

Er lachte, dann sagte er ganz ernsthaft: »Vielleicht machen unsre Gedanken, daß solche Dinge da sind, wenigstens so lang wir sie denken.«

Sonja sagte nichts, und die beiden Jungen, die älter waren als sie, achteten nicht auf sie, bis sie laut lachte.

»Was gibt's zu lachen«? fragte Simon.

Aber Sonja legte den Finger auf den Mund. Sie konnte nicht sagen, was sie gesehen hatte: das Squirrel hatte seine Zunge herausgestreckt wie ein frecher Gassenjunge. Es lachte über die beiden Siebengescheiten. Es lachte so, daß der Baum wackelte.

»Was ist das«? fragte Phil. »Ist doch kein Wind, oder?«

Simon sagte nichts, aber er wußte wohl, warum der Baum sich rührte.

Später tranken sie auf der Terrasse Milch und aßen Kuchen und redeten von ganz andern Sachen. Aber plötzlich sah Sonja, daß die kranken Geranien frische Blätter hatten und eine blühte sogar.

»Simon«, rief sie, »schau!«

Er sah es auch.

»Was habt ihr?« fragte Phil.

Da erzählte Sonja von der kranken Tante, die auch die Geranien krank gemacht hatte.

»Und wie sind sie gesund geworden?«

»Ich hab mit ihnen ... Aber jetzt wirst du mich auslachen, Phil.«

»Nein. Was hast du mit ihnen?«

»Geredet.«

Phil lachte kein bißchen. Er sagte: »Daran ist was. Mein Großvater war Gärtner und der sagte, er habe grüne Hände, aber natürlich waren seine Hände gar nicht grün, er meinte nur, er habe Hände, die gut seien für einen Gärtner, für alles Grüne. Er sagte, ohne grüne Hände gedeihe nichts. Er sagte auch, daß Pflanzen krank werden, wo Menschen immer streiten. Und er sagte, Pflanzen brauchen Liebe.«

»Genau«! rief Sonja, »das sagt, das ... das sagt unser Vater auch, das heißt, er sagt, Menschen brauchen Liebe, sonst werden sie krank. Pflanzen auch.«

Aber Simon sagte bockig: »Pflanzen brauchen Licht und Wasser und Stickstoff, das ist alles.«

Sonja sagte: »Und Kinder brauchen Milch und Kuchen und Vitamine, sonst nichts. Du Dummkopf! Warum sind dann heutzutage so viele Kinder krank?«

»Weil die Luft verschmutzt ist«, sagte Simon.

»Du bist auch verschmutzt«, sagte Sonja.

Aber das war sinnlos, und Phil sagte das. Er sagte: »Du hast recht und du auch. Mit Liebe allein kannst du keine Pflanze aufziehen.«

»Stimmt«, sagte Sonja. Aber mir fällt was ein: »machen wir doch einen Versuch. Tust du mit, Phil?«

»Mit was?«

»Also: wir haben hier Nelkenstöcke. Nimm du zwei davon mit heim. Wir behalten zwei. Mit der einen Pflanze reden wir, mit der andern nicht. Beide kriegen gleich viel Wasser und gleich viel Dünger. Nach, sagen wir, einem Monat schauen wir, was daraus geworden ist.«

»Gut«, sagte Phil. »Das ist interessant«. Er nahm also zwei der Nelkenstöcke mit, die genau so kräftig waren wie die, welche da blieben.

»Den Phil mag ich«, sagte Sonja. »Was der alles weiß!«

»Aber in der Schule nicht. Da ist er faul.«

»Du auch«, sagte Sonja.

»Du auch«, sagte Simon.

Da mußten sie lachen. Es stimmte nämlich. Sie

waren alle drei aus demselben Grund schulfaul: weil sie nur wenig von dem was sie dort lernten oder lernen sollten interessierte. Was sie interessierte, wirklich interessierte, das lernten sie anderswo und wie von selber. Kein Mensch konnte ahnen, daß sie alle drei einmal Naturforscher würden und sogar berühmt.

Vorerst waren sie neugierig auf das Ergebnis der Versuche mit den Nelken. Das heißt: Phil und Sonja waren neugierig; Simon tat so, als interessierte ihn die Sache nicht, und er schaute spöttisch zu, wie Sonja jeden Tag stundenlang vor den Nelkentöpfen saß und so tat, als ob sie lesen würde, während sie doch mit den Pflanzen redete, genau gesagt, nur mit einer; die andre beachtete sie nicht. Was sagte sie der einen? Es war schon verrückt: »Du bist schön, du bist lieb, du wächst jetzt sehr kräftig, du bringst viele Blumen, die duften, ich hab dich lieb, ich streichle dich ...«

Simon sagte: »Der Phil hat dir gerade noch gefehlt. Jetzt spinnst du noch mehr.«

»Abwarten«, sagte Sonja.

Und sie wartete ab: eine Woche, zwei Wochen, drei Wochen ... Dabei bemerkte sie gar nicht, daß die zweite Pflanze, mit der sie nicht redete, nicht wuchs; aber sie bemerkte auch nicht, daß jene, mit der sie redete, viel kräftiger wurde. Was man jeden Tag sieht, fällt einem nicht mehr auf. Aber schließlich mußte ihr doch etwas auffallen: ihre Pflanze hatte sieben frische pralle Knospen, und die entfalteten sich. Eine wahre

Pracht. Sieben feuerrote duftende Blüten. Die andre hatte drei Blüten, aber viel schwächere, und sie dufteten viel weniger.

Simon sagte es in der Schule zu Phil. Der hatte das gleiche erlebt. Auch bei ihm war der geliebte Stock kräftiger und blühte schöner als der ungeliebte.

Kein Zweifel: ihre Idee war richtig. Freilich: später, als sie schon richtige Wissenschaftler waren, hätten sie Zweifel gehabt, denn da brauchten sie mehr als zwei Versuche, bis sie sicher waren und bis sie andre davon überzeugen konnten. Damals aber waren sie sicher, und sie hatten recht. Das erlebte Sonja, als sie, aus Mitleid mit dem ungeliebten Nelkenstock, auch mit ihm zu reden anfing. Es dauerte lange, bis er eine Antwort gab, das heißt, bis auch er kräftiger wuchs und schönere Blüten bekam. Und Phil erlebte dasselbe. Eines Tages fragte er Sonja, wie sie denn auf diesen Gedanken gekommen war. Schon wollte Sonja sagen: »Das Squirrel hat ...« Da flog ihr eine Biene dicht vor der Nase herum und brummte laut, und Sonja begriff, daß sie darüber schweigen mußte. Sie zuckte nur mit den Achseln und sagte: »Nur so. Man denkt sich halt was zusammen, und wer einen Garten hat, der sieht halt manches.«

»Zum Beispiel Schnecken«, sagte Simon.

Wirklich: es gab viele kleine Schnecken, solche mit Häuschen und auch nackte braune, und beide Sorten fressen Löcher in die Blätter. Schnecken gab es schon immer im Garten, aber in diesem Sommer waren es viele. Man mußte wohl etwas dagegen tun. Aber was?

»Squirrel, was tun?«

»Einsammeln«, sagte das Stimmchen.

»Und dann?«

»Forttragen.«

»Wohin?«

Das Stimmchen gab keine Antwort. Sonja sagte: »Wenn ich sie anderswo ansetze, fressen sie dort weiter. Das darf ich doch nicht: Schaden anrichten helfen.«

Da hörte sie etwas wie ein Seufzen und Schlucken, so als ob jemand das Weinen unterdrückte.

»Squirrel, was ist denn?«

»Ach«, sagte das Stimmchen so leise, daß Sonja es kaum hörte, »es gibt ein Mittel, aber das ist schrecklich: man wirft die Schnecken in kochendes Wasser.«

»Nein«, rief Sonja, »das tu ich nicht. Ich mag kein Tier töten.«

»Schön«, sagte das Stimmchen, »aber wenn du es nicht tust, tun es andre. Menschen töten immer irgend etwas.«

»Tiere töten auch«, sagte Sonja.

»Ja, aber nur aus Hunger. Tiere sind nicht böse.«

»Aber wir Menschen müssen uns wehren gegen Tiere, zum Beispiel gegen die Schneckenplage.«

»Selber schuld«, sagte das Squirrel.

»Na höre mal«, sagte Sonja.

»Selber schuld«, wiederholte das Squirrel. »Wenn ihr Menschen nicht alles in der Natur durcheinander gebracht hättet, würde alles von selber in Ordnung sein. Schau mal, was der Nachbar tut!

Er war eben dabei, einen Eimer kochendes Wasser über einen Ameisenhaufen zu leeren, und noch einen und noch einen.«

»So«, sagte er, »jetzt sind sie hin, die widerlichen Tiere.«

»Dummer Mensch«, sagte das Squirrel, »dummer böser Mensch. Jetzt hat er tausend Tiere umgebracht, die für ihn gearbeitet haben.«

»Aber Squirrel, wie können sie für ihn arbeiten?!«

»Sie sind Müllmänner.«

Sonja lachte laut. Aber das Squirrel sagte: »Die Ameisen räumen im Garten auf. Sie fressen die toten Insekten und alles, was verfault. Wenn sie so was finden, kommen hundert gelaufen, und im Nu ists aufgeräumt.«

»Stimmt«, sagte Sonja, »das hab ich schon gesehen. Dann darf man also Ameisen nicht kaputtmachen?«

»Nein. Nichts darf man kaputt machen, weil eins dem andern dient. Das hängt alles zusammen. Das wißt ihr Menschen nicht mehr.

»Ja«, sagte Sonja, »aber die Raupen!«

»Was für Raupen? Euer Gemüse ist raupenfrei.«

»Aber dort an den Brennesseln sind andre.«

»Was tun sie dir denn?«

»Mir? Nichts. Aber wenn sie auf andre Pflanzen kriechen.«

»Sie kriechen nicht auf andre Pflanzen. Sie bleiben, wo sie sind. Und weißt du, was sie da tun?«

»Fressen.«

»Und nachher? Da verpuppen sie sich und aus den Puppen kommen wunderschöne Schmetterlinge. Ihr Menschen seht nie, was nachher kommt, und immer denkt ihr nur: Das schadet mir, oder: Das nützt mir. Als obs nur euch Menschen gäbe und als obs nur darauf ankomme, was ihr wollt. Was euch nicht paßt, das bringt ihr um.«

»Ja«, sagte Sonja, »das ist wahr. Wir bringen immerzu andre um: die Mäuse, die Ameisen, die Raupen, die Hasen, die Lämmer, die Menschen!«

Jetzt brach sie in Tränen aus, denn sie sah vor sich lauter tote Tiere und tote Leute, von Menschen umgebracht.

Da sah sie plötzlich das Squirrel. Es kam ganz dicht an sie heran. Sie hätte es anfassen können, wenn man das könnte. Und jetzt tat das Squirrel etwas, was es nie vorher getan hatte: es hob vorsichtig die Hand, streckte einen Finger aus und berührte Sonjas Gesicht. Sie fühlte das wie einen sanften Windhauch. Dann schnupperte das Squirrel an seinem Finger, der naß war und leckte daran.

»Schmeckt schlecht«, sagte es und wischte den Finger an seinem Fell ab.

»Was ist das?« fragte es.

»Tränen«, sagte Sonja und weinte noch mehr.

»Tränen«, sagte das Squirrel nachdenklich. »Wie macht man Tränen?«

»Man macht sie nicht, sie kommen einem von selber, wenn man sehr traurig ist. Bist du nie traurig?«

»Halb-halb«, sagte das Squirrel.

»Wie das?«

»Weil immer zugleich etwas ist, das mich traurig macht und etwas, das mich freut.«

Kaum hatte es ausgeredet, war es verschwunden. Irgend etwas hatte es verscheucht. Gleich darauf kam Simon in den Garten. Er hatte die Hände in den Hosentaschen und pfiff laut und frech und angeberisch.

»Na«, sagte er, »redest du mal wieder mit dem Ding?«

»Was für einem Ding?«

»Dem Baumding da oben.«

»Simon, wie redest du denn. Das ist kein Ding, das weißt du doch.«

»Ach geh. Das Ding, das ist nur in unsrer Einbildung da.«

»Fängst du wieder mit dem Unsinn an, Simon? Wer hat denn unsern Pflaumenbaum gesund gemacht, zum Beispiel, und wer hat dem Nachbarn die Tannenzapfen auf den Kopf geworfen?«

»Wir.«

»Wir?«

»Ja, wir.«

»Aber das stimmt nicht!«

»Doch, ich weiß jetzt, wie das funktioniert. Nämlich: wir selber haben Kräfte, die das alles können. Phils Vater hat es gesagt. Er hat gesagt, Kinder haben okkulte Kräfte.«

»Was für Kräfte?«

»Okkulte.«

»Was soll denn das sein?«

»Also: sie können ... Ja, das ist schwer zu erklären. Ungefähr so: Kinder fantasieren was, und das wird dann wirklich, aber es ist nicht richtig wirklich, es verschwindet wieder. Zum Beispiel das Ding, das wir Squirrel nennen. Das gibts bloß in unserer Fantasie.«

In diesem Augenblick flog ein ziemlich großer Fichtenzapfen auf Simons Kopf.

»Au«! schrie er.

Etwas im Baum lachte, daß alle Blätter sich vor Lachen schüttelten.

»Na, siehst du«! sagte Sonja.

»Ja, eben«, sagte Simon. »Das machen unsre okkulten Kräfte.«

»Du spinnst«, sagte Sonja.

»Nein, du«! sagte Simon.

»Nein, du«! sagte Sonja.

»Du«! schrie Simon.

»Du«! schrie Sonja.

Sie waren beide drauf und dran, sich aufeinanderzustürzen.

Da hörte Sonja ein Rauschen im Baum, und sie hörte, daß etwas davonstob, wie in großem Entsetzen. Sonja begriff sofort, und sie schwieg, aber Simon schrie weiter.

Da sagte eine Stimme. »Was ist denn mit euch los? Warum streitet ihr?«

Es war der Vater. »Also, was ist los?«

Zuerst sagte keines ein Wort, aber dann sagte Sonja: »Papa, was ist das: okkulte Kräfte?«

»Wie kommst du denn darauf?«

»Simon sagt, Phils Vater sagt, Kinder haben okkulte Kräfte.«

»Stimmt«, sagte der Vater.

»Ha«! rief Simon, »da hörst dus.«

»Aber was ist das, Papa«? fragte Sonja.

»Okkult, das heißt geheimnisvoll, nicht erklärbar oder schwer erklärbar. Es gibt vieles in der Welt, was okkult ist, also geheimnisvoll. Alle Menschen haben okkulte Kräfte.«

»Alle, Papa?«

»Ja, alle. Nur wissen es die meisten nicht, und bei den meisten ersticken diese Kräfte unter dem Verstand.«

»Aha«, sagte Simon, »Kinder haben okkulte Kräfte, weil sie keinen Verstand haben und dumm sind.«

»Verdreh mir die Worte nicht! Die Dummheit der

Kinder ist eine Form von Gescheitheit, und die Gescheitheit der Erwachsenen eine Form von Dummheit.«

»Versteh ich nicht.«

»Setz mal meine Brille auf, Simon. Was siehst du?«

»Fast gar nichts.«

»Aber ich sehe sehr gut mit der Brille.«

»Weil du kurzsichtig bist und ich bins nicht.«

»Da hast du es. Du siehst mit meiner Brille nicht, und ich seh ohne Brille nicht. Nicht jeder sieht das gleiche wie der andere. Jeder sieht eben, was er sehen kann.«

»Aha«, sagte Sonja und gab Simon einen Rippenstoß. Der Vater merkte es. »Was habt ihr denn eigentlich, ihr zwei?«

»Wir...« fing Sonja an.

»Wir...« fing auch Simon an.

»Na?«

»Also«, sagte Simon und gab sich einen Ruck, »es geht darum, daß Sonja...«

»Du auch«! sagte Sonja.

»Also was denn«? fragte der Vater.

»Also«, sagte Simon, »wir wissen jetzt nicht mehr, ob wir mit unsrer Fantasie oder mit diesen okkulten Kräften was machen können, was es gar nicht gibt.«

»Zum Beispiel?«

»Sagen wir mal: ein Tier, das aber doch kein Tier ist, nur so was Ähnliches.«

»Ein Fabeltier, meinst du.«

»N ... nein, ich meine schon was Wirkliches, nicht solche Wesen wie in dem Sagenbuch, das uns die Mama früher zeigte, nicht halb so halb so, also vorn eine Frau, hinten ein Löwe, oder so was. So nicht.«

»Tja. Nun ... Also sagen wir mal so: Was man sich ausdenken kann, das ist wirklich, nur anders wirklich als der Baum da oder die Steine. Zum Beispiel: bevor ich das Haus da gebaut habe, hab ich davon geträumt bei Tag und Nacht, und ich habs vor mir gesehen, obwohl es noch nicht gebaut war.«

»Aber Papa, da war es eben wirklich noch nicht da, bloß in deiner Fantasie. Aber wenn du's gedacht hättest und es wäre plötzlich dagewesen, richtig da?«

»Was du alles fragst«, sagte der Vater.

»Sag doch, Papa!«

»Also sagen wir mal so: es gibt zweierlei Wirklichkeit, eine ist die, die wir nun mal so nennen und die für alle da ist: die Straße, das Haus, das Auto. Und dann gibt es eine andre Wirklichkeit, die nur Leute sehen, die die richtigen Augen haben.«

»Papa«, rief Sonja plötzlich, »tritt nicht drauf!«

»Wo drauf?«

»Auf ... Nein, nichts. Auf die Schnecke.«

»Da ist doch keine«, sagte der Vater.

Simon sagte: »Sie meint was andres.«

»Was denn, Sonja?«

»Papa ... Ich hab übermorgen Geburtstag.«

»Ich weiß. Was wünschst du dir?«

»Papa . . . ich wünsch mir dich!«

Der Vater lachte. »Wie meinst du das?«

»Ich möchte, daß du mit mir drei oder vier Stunden im Garten sitzt, einfach so, und gar nichts tust.«

Der Vater räusperte sich. »Na, ob das geht. Ich muß erst auf den Terminkalender schauen. Donnerstag, oh, da ist eine Sitzung in der Klinik, wegen des Neubaus. Liebe Sonja, das geht nicht.«

»Oder am Freitag?«

»Freitag, da hab ich vormittag und nachmittag Sprechstunde. Feste Termine.«

»Am Samstag? Papa, bitte.«

»Wenn nichts Dringendes dazwischenkommt, vielleicht.« Da schüttelte sich der Baum, und das Stimmchen sagte laut und deutlich: »Keine Zeit für ein Kind. Schäm dich!«

Der Vater schaute sich bestürzt um. Wer hat da geredet? Er sah niemand. Aber Sonja rief entzückt: »Du hast es gehört, Papa! Du kannst es hören!«

»Es? Was denn«? sagte der Vater, aber Sonja gab keine Antwort, sie lachte nur laut.

Der Vater wurde etwas ärgerlich. Sonja merkte es.

»Papa, am Samstag sag ich dirs.«

Als der Vater gegangen war, sagte Simon: »Du glaubst, der Vater hat wirklich das Ding reden hören? Er hat nur seine eigenen Gedanken gehört und die deinen. Das gibts. Gedankenlesen gibts.«

Da rauschte es in den Bäumen und jemand sagte laut: »Schwätzer!« Es war nicht Sonja, die das sagte, und sonst war niemand da. Aber es war auch nicht die leise Stimme des Squirrels, es war eine mächtige Stimme, die von überall her kam wie ein Echo. Die Kinder erschraken, und Simon lief davon. Sonja blieb, obwohl ihr das Herz mächtig klopfte. Sie wußte, wer da geredet hatte: der große Pan. Und dann fühlte sie etwas. Es war, als nähme eine gute sanfte Hand die ihre und führte sie langsam über ein großes Blatt, das vom untersten Ast des Birnbaums herabhing, und dann führte die Hand die ihre rund um den Blattrand und hielt sie über die Blattspitze. Da fühlte sie auf einmal etwas, das ungefähr so war wie das, was sie einmal gespürt hatte, als sie an einen schlecht isolierten Lichtschalter langte, aber das hier am Birnblatt war viel schwächer, kaum zu spüren, und es war nicht ein einziger Schlag, der einen erschreckte, sondern ein zarter warmer Strom, der ganz ruhig immer weiter aus dem Blatt floß. Dann ließ die große sanfte Hand die ihre los, die Bäume rauschten auf, und dann war der große Pan fort. Aber er hatte Sonja ein Geschenk gegeben: sie konnte von jetzt an den Lebensstrom in den Pflanzen fühlen. Das war schön und neu. Sie probierte an vielen Blättern und verschiedenen Pflanzen, ob das bei allen so war. Es war so, aber nicht bei allen gleich stark. Sie lernte rasch erkennen, daß Blätter mit kranken Stellen einen schwachen Strom ausstrahlten. Je kräftiger das Blatt, desto stärker der Strom. Das ist leicht zu verstehen. Die kranken Blätter sind müde wie kranke Leute. Das war nun etwas, das Sonja ihrem Vater erzählen konnte, ohne daß sie von dem Squirrel reden mußte. Die Frage war nur, ob der Vater überhaupt Zeit für Sonja und den Garten hatte. Sie erinnerte ihn nicht daran, sie wartete.

Aber dann lag auf ihrem Geburtstagstisch ein Briefumschlag, in dem ein Zettel steckte: *Gutschein für drei Stunden im Garten. Papa.*

Das hieß freilich noch lange nicht, daß er wirklich Zeit hatte. Das konnte man bei einem Arzt nie wissen. Sonja wartete also weiter. Sie wußte nicht, was sie dem Vater eigentlich sagen und zeigen wollte. Sie stellte sich nur vor, daß der Vater endlich einmal ein paar Stunden still im Garten sitzen würde. Irgend etwas würde sich dann schon ereignen. Bis Samstagmorgen sagte der Vater kein Wort vom Garten. Er hatte einen Patienten im Haus, und da wußte man nie, wie lang die Sitzung dauern würde.

Aber nach dem Essen sagte der Vater: »So, und jetzt gehen wir zwei, Sonja und ich, in den Garten.«

Die Mutter sagte: »Dann gehen Simon und ich in die Stadt ins Kino.«

Das war Sonja sehr recht. Die beiden hätten sicher nur gestört. Der Vater und Sonja gingen also in den Garten und aufs Gartenhäuschen zu. Als sie am Birnbaum vorbeikamen, raschelte etwas im Laub, und

Gutschein
für 3 Stunden
mit Papa
im Garten

das war nicht der Wind, denn der Tag war ganz windstill. Der Vater blieb stehen und schaute nach oben. Sonja bekam Herzklopfen. Sie sah nämlich das Squirrel sitzen ganz oben im Wipfel, so deutlich, daß sie nicht begreifen konnte, wie der Vater es nicht sah. Dann glitt es sogar am Stamm herunter und saß auf dem Rasen. Der Vater schaute genau dahin, wo es saß, Sonjas Herz klopfte laut. Er mußte es sehen. Aber er sah es nicht. Er merkte nicht mal, daß es näher kam und an ihm schnupperte.

Das war so komisch, daß Sonja lachen mußte.

»Was lachst du«? fragte der Vater.

Da nahm Sonja allen Mut zusammen und sagte: »Papa, streck mal die Hand aus.«

»Warum?«

»Spürst du nichts?«

»Meinst du den Windzug?«

»Papa, es weht kein Wind.«

»Richtig. Was war das? Ich hab's deutlich gespürt. Es war etwas, aber was?«

Da hörte Sonja ein leises Lachen. Und diesmal hörte der Vater auch etwas.

»Sind das Vögel«? fragte er. Aber Sonja sagte nichts. Sie ging dem Vater voraus ins Gartenhäuschen, und sie sah, daß das Squirrel folgte. Es sprang von Baum zu Baum und ließ da ein Zweiglein, dort ein Blatt fallen, aus purem Übermut, und dann saß es mit auf der Bank im Gartenhäuschen. Wie ein Mensch saß es da, die Hinterbeine übereinandergelegt und die Arme gekreuzt. »Und jetzt«? sagte der Vater.

»Jetzt? Nichts, Papa. Einfach dasitzen.«

Aber nach zehn Minuten schaute er auf die Uhr. »Also eigentlich sollte ich noch ein Gutachten schreiben.«

»Papa, du hast mir drei Stunden versprochen!«

Der Vater seufzte. Sonja sah, daß er unruhig war. Einfach stillsitzen und nichts tun, das war er nicht gewöhnt. Darum sagte er: »Wir könnten eigentlich das Rosenbeet jäten, da ist Unkraut.«

»Aber das sind doch Gänseblümchen, Papa. Blumen sind das.«

»Ja, aber im Rosenbeet sind sie Unkraut, da gehören sie nicht hin.«

Das Squirrel fauchte ärgerlich. Der Vater sagte: »Ist da eine Katze?«

»Eine Katze? Nein, da ist keine Katze, Papa.«

Beinah hätte Sonja gesagt: Das ist das Squirrel. Aber sie sagte es nicht. Sie sagte nur: »Papa, warum dürfen Gänseblümchen nicht im Rosenbeet sein? Warum nennen wir überhaupt einige Pflanzen Kräuter und andere Unkräuter?«

»Kräuter kann man essen, Unkräuter nicht.«

»Aber Papa, das kannst du nicht sagen. Mama hat uns erzählt, daß ihr im Krieg aus Löwenzahnblättern Salat gemacht habt und aus Brennesseln Spinat. Da waren also Unkräuter auf einmal Kräuter.«

»Mein kluges Mädchen«, sagte der Vater. »Vielleicht ists anders, nämlich so, daß wir Unkraut das nennen, was von selber wächst, ohne daß wirs ihm erlaubt haben.«

»Aber Unkraut muß zu was gut sein, sonst wärs nicht da.«

»Hm«, sagte der Vater und dachte nach. Dann sagte er: »Du meinst, daß alles, was es gibt, zu etwas gut ist? Die Rosen, zum Beispiel, sind die zu etwas gut?«

»Ja, die sind schön. Dafür sind sie da.«

»Und die Fliegen?«

»Die sind für die Vögel gut.«

»Und die Quecken da?«

Der Vater riß ein Bündel Gras aus, aber die Wurzel kam nicht mit, die blieb wie ein langer weißer Wurm in der Erde, und so sehr der Vater daran zog: er brachte immer nur ein Stückchen heraus.

»Das ist ein echtes Unkraut«, sagte der Vater. »Und du meinst, das ist auch zu etwas gut?«

»Für irgend etwas vielleicht schon.«

Da legte der Vater seinen Arm um Sonjas Schultern, das tat er selten, aber er sagte nichts. Dafür sagte ein Stimmchen oben im Baum: »Recht hast du!«

»Wie bitte«? fragte der Vater, denn er meinte, irgendwer sei in der Nähe und habe den Satz gesagt, aber undeutlich. Aber natürlich antwortete niemand.

Wieder schaute der Vater auf die Uhr.

»Papa«, sagte Sonja, »warum bist du so nervös?«

»Bin ich nervös? Ach ja, du hast schon recht. Ich habs verlernt, so im Garten zu sitzen und nichts zu tun, ich meine: einmal keine Arbeit zu tun.«

»Ich kann stundenlang stillsitzen und schauen«, sagte Sonja.

»Ja, du«, sagte der Vater, »du hast ja noch keine festen Pflichten wie ich.«

»Aber zwischen den Pflichten, Papa, da kannst du doch mal stillsitzen.«

Der Vater seufzte. »Schon, schon, still sitzen kann ich schon, aber da kommen mir die Gedanken an meine Pflichten, und aus ists mit der Ruhe.«

»Aber jetzt, Papa, jetzt denk mal nichts.«

»Kann ich nicht, Sonja. Reden wir lieber. Du wolltest mir doch etwas sagen. Was denn?«

»Zeigen, Papa, was zeigen. Siehst du das Blatt da? Und jetzt gib mir deine Hand. So. Und was spürst du?«

»Ehrlich gesagt: nichts. Und du?«

»Du spürst also nicht, daß das Blatt elektrisch ist?«

»Elektrisch? Aber Sonja!«

»Doch, Papa. Es strahlt was aus. Versuchs nochmal!«

»Ich spür nichts. Aber ich glaube, ich versteh dich. Ja, wirklich, ich versteh. Aber daß du das spürst?«

»Was verstehst du, Papa?«

»Also: wenn ein Kranker zu mir kommt, messe ich seine Gehirnströme. Aber dazu brauch ich einen komplizierten Apparat, ohne den spürt man nichts.«

»Aber ich! Ich spürs bei den Pflanzen!«

»Tja«, sagte der Vater sehr nachdenklich. »Das ist ...«

»Was, Papa?«

»Nun: ich hab gelesen, daß die Russen solche Versuche mit Pflanzen machen. Die messen diese Ströme. Sie sagen, man kann sie sogar fotografieren. Da erscheinen sie als Farben.«

»Als Farben! Das muß schön sein. Das möchte ich auch sehen können.«

»Dazu braucht man besondre Apparate.«

»Aber ich spür die Ströme ohne Apparat. Vielleicht kann ich auch die Farben sehen.«

»Sag mal, Sonja: wie kommst du eigentlich auf all diese Gedanken?«

»Einfach so, Papa. Genau gesagt ...«

»Ja? Was?«

Da sagte ein Stimmchen oben im Baum: »Meinetwegen kannst du's ihm sagen.«

»Wie bitte«? fragte der Vater. »Wer redet da?«

»Papa, es ist ... es ist ein Faun.«

»Was?«

»Ein Faun«.

»Was sagst du?«

»Ja, und der große ...« Da rauschte es im Wipfel, und ein Windstoß fuhr ihr über den Mund.

»Was war das«? fragte der Vater.

»Der Wind«, sagte Sonja. Sie war ziemlich erschrocken.

»Sonderbar, diese Windstöße mitten in der Windstille. Aber was sagtest du zuerst? Ein Faun? Was meinst du damit?«

»Es wohnt im Birnbaum, aber auch sonst überall.«

»Hör mal, Sonja, was für Bücher liest du?«

»Gar keine außer den Schulbüchern, aber die sind so langweilig.«

»Stimmt«, sagte der Vater. »Also aus Büchern weißt du solche Sachen nicht.«

»Nein, Papa. Das weiß ich einfach so. Weißt du, der Faun war eines Tages da. Wir haben ihn zuerst auch nicht sehen können. Aber dann haben wir ihn gesehen, Simon und ich und auch ein andres Kind.«

»Gesehen habt ihr ihn? Und wie sieht er aus?«

»Wie...«

Da rauschte es wieder im Baum und ein Windstoß wehte Sonja das Wort vom Mund.

»Es muß irgendwo ein Gewitter geben«, sagte der Vater und schaute besorgt zum Himmel, aber der war blau und still. Der Vater schüttelte den Kopf und fühlte insgeheim seinen Puls, aber der war sicher ganz in Ordnung.

»Also, der Faun, wie sieht er aus?«

»Ach Papa, das kannst du dir doch selber vorstellen.«

»Meinst du?«

»Mach die Augen zu und versuchs.«

Er tat es gehorsam.

Da saß das Squirrel vor ihm, legte ihm eine Hand auf's Knie und schaute ihn an.

Der Vater wischte über seine Knie, denn da war etwas, das fühlte er, aber es war eben doch nichts, was er hätte berühren können. Das Squirrel hielt sich den Mund zu und platzte beinah vor Lachen. Dann tippte es mit dem Zeigefinger dem Vater auf ein Auge und dann aufs andre. Der Vater wischte darüber und blinzelte, und Sonja sah, daß er ein Auge ein klein wenig öffnete. Da sprang das Squirrel mit einem großen Satz ins Gebüsch, über Sonja hinweg, und verschwand. Der Vater machte beide Augen auf, rieb sie und sagte: »Was war denn das? Da war was!«

»Ja«, sagte Sonja, »das war es.«

»Es?«

»Das Squirrel. Der kleine Faun. Du hast ihn gesehen, Papa? Sag!«

»Gesehen? Ich weiß nicht. Es war wie ein großer Vogel, nein, ein großer Schmetterling, nein, auch nicht; es war wie ein Lichtfleck.«

»Papa, das war es, das war es! So hats bei uns auch angefangen, und dann, später, haben wir es wirklich gesehen, und ganz sicher wirst du es eines Tages auch wirklich sehen.«

»Na, ich weiß nicht. Ich glaub', du steckst mich an mit deiner Fantasie.«

Da flog eine halbreife Birne an seiner Nase vorbei, und es folgten allerlei Dinge: ein dürres Zweiglein, eine Krähenfeder, eine welke Kletterrose, ein Stückchen Baumflechte, eine Bohnenschote, ein kleines flaches Steinchen, ein Hölzchen und zuletzt eine Handvoll Sonnenblumenkerne. Ein wahrer Hagel. Alles flog haarscharf an Vaters Nase vorbei, ohne sie zu streifen. Das ging derart rasch, daß der Vater nicht mal dazu kam aufzuspringen. Sonja mußte lachen, und dann lachte etwas im Baum oben, da mußte der Vater auch lachen, aber nicht ganz so lustig, denn er war doch ziemlich verblüfft über die handgreifliche Belehrung, die ihm da jemand hatte zukommen lassen.

»Papa«! rief Sonja. »Das war nicht ich. Das war nicht meine Fantasie. Das war es! Es! Verstehst du?«

»Ja ... nein ... schon ... jaja. Sonderbar ... Du hast wohl ...«

»Papa«, sagte Sonja, »jetzt fang bitte nicht an mit dem Satz: Du hast wohl okkulte Kräfte!«

»Nun gut«, sagte der Vater, »ich sags ja nicht. Ich glaube ja, daß es wirklich so ein Wesen gibt.«

»Papa, du lügst! Du glaubst es nicht, und hast es doch selber gesehen!«

Und dann rief sie in den Baum hinauf: »Bitte, zeig dich ihm, bitte, bitte. Nur einen Augenblick. Er muß dich sehen, sonst glaubt ers nicht.«

Da glitt ein Lichtschein den Baum herunter und flitzte einmal und noch einmal und ein drittes Mal rund um den Vater, und weg war es.

»So«, sagte Sonja, »und jetzt?«

»Hat da nicht jemand ein Fenster auf und zugemacht und das hat die Sonne gespiegelt«? sagte der Vater.

»Papa«, rief Sonja, »schäm dich. Freu dich doch, daß du nicht so dumm und blind bist wie die andern Erwachsenen! Du wirst es schon noch wirklicher sehen.«

»Ja, ja«, sagte der Vater, »hab Geduld mit mir. Weißt du, ich bin solche Dinge nicht gewöhnt. Es ist nicht so einfach für einen Erwachsenen zu sehen, was Kinder sehen. Aber jetzt muß ich wirklich arbeiten gehen.«

»Es sind erst zwei Stunden, Papa, drei hast du mir versprochen.«

Der Vater schrieb auf ein Zettelchen: Gutschrift für eine Stunde im Garten.

»Ach Papa«, sagte Sonja, »wenn du doch mehr Zeit hättest für den Garten und für solche Sachen.«

»Wenns nach mir ginge, Sonja, hätte ich mehr Zeit; aber was ist mit meinen Patienten?«

»Und was ist an deinen freien Tagen oder sagen wir in deinen freien Stunden? Du kannst ja nicht still sitzen und schauen und horchen.«

»Ich wills wieder lernen, Sonja. Ich weiß, daß ichs lernen muß. Ich weiß. Du wirst mir helfen. Zwing' mich dazu! Aber das Telefon läutet, hörst du?«

Und schon war er weg.

Sonja dachte: Das Telefon ist in seinem Kopf, da läutets und läutets, und manchmal glaub ich, er wills nicht anders. Und bei der Mama ist's auch so, da läutet auch immer was: der Schuldirektor oder die Zeitungsredaktion oder sonstwas. Die Erwachsenen laufen immerzu irgendeiner Arbeit nach und jammern über zu viel Arbeit, aber wenn sie dann mal keine haben, jammern sie auch und noch lauter. Ich will nie, nie, nie so werden.

Als sie so stand und dachte, kam Simon, die Hände in den Hosentaschen. Er pfiff laut und ganz falsch, und dabei stieß er eine leere Blechdose vor sich her wie einen Fußball, und dann hob er einen Stein auf und warf ihn nach einer Amsel, die auf dem Birnbaum saß, und dann zertrat er ein großes Schneckenhaus.

»Simon«, rief Sonja, »tu das nicht! Bitte nicht!«

Er sagte: »Ich tu, was ich will und das geht dich gar nichts an.«

»Aber auf den Birnbaum darfst du doch nicht Steine werfen, da wohnt doch ...«

Er ließ sie den Satz nicht zuende sagen: »Blödsinn! Daß du das immer noch glaubst. Bist halt noch ein kleines Mädi. Ich bin drüber hinaus, für immer.«

Er trat auf eine zweite Schnecke und schrie: »Ich hasse Schnecken. Ich hasse den Garten. Ich haße euch alle!«

Er warf nochmal einen Stein in die Krone des Birnbaums, dann lief er weg.

Er warf das Gartentor zu, daß es knallte.

Daraufhin wurde es im Garten ganz still, totenstill. Mitten im Hochsommer wurde es winterkalt, und die Pflanzen standen wie gefroren. Auch Sonja war wie erstarrt. Etwas Schlimmes war geschehen.

Es war nicht das erste Mal, daß Simon so wütete, aber nie war es wirklich ernst gewesen. Dieses Mal aber war es ernst. Als Simon das Gartentor hinter sich zugeworfen hatte, da wußte Sonja, daß er ein andres Tor zugeworfen hatte, eines, das er nie mehr würde öffnen können: das Tor zum Garten seiner Kindheit.

Sonja begann zu weinen. Sie legte ihre Arme um den Birnbaum, und der Stamm wurde naß von ihren Tränen.

Der ganze Garten war traurig. Der Birnbaum ließ die Blätter hängen. Eine Amsel saß stumm und still auf einem Ast, als könne sie nie mehr auffliegen und nie mehr singen. Wolken warfen einen Schatten über den Garten, und die Farben löschten aus. Alles war grau, auch die Rosen und die Feuerbohnen. Sonja weinte und weinte.

Plötzlich hörte sie die Stimme ihrer Mutter vom Haus her. »Willst du endlich kommen? Dreimal hab ich schon gerufen. Das Essen steht auf dem Tisch. Hörst du nicht?«

Sonja sprang erschrocken auf, wischte die Tränen ab und lief ins Haus.

»Wasch dir erst Gesicht und Hände, sagte die

Mutter«. Sonja wunderte sich, daß sie so zornig war, aber sie verstand, daß an diesem Tag alles schief ging: auch der Vater kam zu spät zum Essen, und als die Mutter ärgerlich war, sagte er: »Laß mich in Frieden, ich habe schwer gearbeitet.«

»Ich arbeite auch schwer«, sagte sie, und dann redeten sie kein Wort mehr, bis der Vater fragte: »Wo ist Simon?«

»In seinem Zimmer. Er hat Kopfweh.«

»Das ist kein Grund, nicht zum Essen zu kommen. Sonja, hol ihn!«

»So laß ihn doch«, sagte die Mutter.

»Sonja, hol ihn«! sagte der Vater. Als die Mutter nichts mehr sagte, stand Sonja auf, um Simon zu holen.

»Du sollst zum Essen kommen, Simon!«

»Mag nicht.«

»Vater wills aber.«

»Mag nicht.«

»Was tust du denn?«

»Geht dich nichts an.«

Aber sie sah, was er tat: er packte alle seine Stofftiere in einen Sack.

»Schluß damit«, sagte er böse.

»Aber du hast meinen Teddy mit eingepackt«! rief Sonja.

»Na, dann hol ihn raus, wenn er dir nicht zu abgeknutscht ist. Er ist nichts als ein Bazillenträger.

Und im übrigen solltest du dich schämen, so kindisch zu sein. Na ja, bist halt ein Mädchen.«

Da tat Sonja etwas, was sie nie getan hatte: sie gab ihrem Bruder eine Ohrfeige.

Der sagte nur: »Du dumme Gans. Raus jetzt. Das ist mein Zimmer. Du schläfst ab heut in einem andern Zimmer, verstanden?«

Dann zerrte er ihren Teddy aus dem Sack und warf ihn vor ihre Füße. Sie packte ihn und lief weg, versteckte den Teddy und ging ins Eßzimmer.

»Was ist mit Simon«? fragte der Vater.

»Er sagt, er mag nicht kommen, Papa.«

Die Mutter sagte: »Laß ihn. Er ist in einem schwierigen Alter.«

Sonja sagte: »Mama, ist es wahr, daß das Kinderzimmer jetzt ihm allein gehört?«

»Es ist kein Kinderzimmer mehr, weil Simon kein Kind mehr ist. Und du bekommst dein eigenes Zimmer. Freut dich das nicht?«

Sonja sagte nichts. Der Vater schaute verwundert, sagte aber auch nichts.

Nach dem Essen fragte Sonja den Vater, als sie allein mit ihm war: »Und ich, Papa, bin ich noch ein Kind?«

»Ja, Sonja, und sei froh, und wünsch dir nicht, so rasch keins mehr zu sein.«

»Papa, wie lang bin ich noch ein Kind?«

»Hoffentlich bleibst du immer ein Kind, das mit Pflanzen reden und Faune sehen kann. Laß den Simon

jetzt mal ganz in Ruhe. Ich bin ziemlich sicher, daß ihr euch in einigen Jahren wieder versteht.«

»Einige Jahre? Wieviele?«

»Sagen wir: drei.«

»Papa, drei Jahre! Das ist schrecklich lang.«

»Sie vergehen rasch, Sonja.«

Da klingelte wieder einmal das Telefon, und der Vater hörte, daß er in die Klinik mußte. Sonja ging in den Garten. Da merkte sie, daß das Schlimme noch immer nicht vorüber war: der Nachbar war dabei, seine Hecke auszureißen. Sonja lief an den Zaun: »Warum tun Sie das? Sie ist doch so schön!«

»Warum? Weil sie dem Garten Licht wegnimmt.«

»Aber sie ist doch gar nicht so hoch! Und Sie könnten sie doch stutzen. Bitte, nicht ausreißen! In unserer Hecke sind Vogelnester, und am Boden im Laub wohnen zwei Igel. Sie haben doch sicher auch Igel?«

»Ich hab keine Igel und will keine, ich hab keine Vögel und will keine. Mein Garten muß sauber sein. So, und jetzt kümmere dich gefälligst um was andres, hörst du?«

Was Sonja hörte, war etwas andres: es war ein Seufzen, das aus dem Boden kam.

»Aber«, sagte sie tapfer, »die Wurzeln von Ihrer Hecke sind ja mit den Wurzeln von unsrer Hecke schon ganz verwachsen. Sie stechen also unsre Wurzeln mit ab! Das dürfen Sie nicht.«

»Doch, das darf ich«, sagte der Nachbar. »Die Wurzeln, die von euch in meinen Garten wachsen, stören hier und ich darf sie abstechen. Von Rechts wegen, hörst du?«

»Aber wenn dann unsre Hecke stirbt?«

»Jetzt laß mich in Ruhe, du Schwätzerin, du lästige. Dies hier ist mein Garten, und da mache ich, was ich will.«

Er stach weiter Wurzeln ab, und Sonja hörte das Stöhnen in der Erde. Sie hielt sich die Ohren zu und lief ins Haus.

Was für ein schlimmer Tag. Und dann die Nacht: zum ersten Mal allein im Zimmer, das nicht ihr gewohntes war, und ohne Simon. Sie fing an zu weinen. Sie weinte und weinte, und niemand kam, um sie zu trösten.

Auf einmal aber war doch jemand da: etwas Helles saß auf der Fensterbank.

»Squirrel«! rief sie. »Gott sei Dank, daß du da bist.«

Da kam es ganz nah und sie sah es ganz deutlich. Seine Augen waren wie große Wassertropfen, in denen sich der Mond spiegelt. Es hob eine Hand und legte sie auf Sonjas Stirn, und diese Hand war glatt und kühl und leicht wie ein Blatt vom Birnbaum. Sonja schlief augenblicklich ein. Im Traum hörte sie eine Flöte. Aber vielleicht wars gar nicht im Traum.

Am nächsten Tag aber ging das Elend weiter und wurde noch größer. Ganz unausdenkbar groß wurde es. Sonja hörte, wie die Eltern mit einem fremden Mann redeten, und was sie da hörte, war schrecklich. Da war die Rede von einem neuen großen Haus in der Nähe der Klinik und in der Nähe von Mamas Schule und Zeitung, und was dieses neue Haus kostet und was man fürs alte bekommt.

Sonja schrie: »Nein, nein, nein!«

Aber niemand hörte sie. Wenigstens meinte sie, daß niemand den Schrei gehört hatte. Sie warf sich unter den Birnbaum und war starr und steif vor Verzweiflung. Das Haus verkaufen, meinetwegen, aber den Garten, nein, nie und nimmer!

Da stand auf einmal der Vater vor ihr und wollte ihr seine Hand auf den Kopf legen und etwas sagen. Sie schüttelte die Hand ab und schrie: »Du brauchst mir nichts zu sagen, ich weiß alles, aber glaub nur nicht, daß ich mitgehe, ich bleibe hier, daß dus nur weißt.«

»Aber Sonja ...«

»Geh weg du! Ich mag dich nicht mehr.«

Sie stieß nach ihm, und er sah ein, daß er sie im Augenblick in Ruhe lassen mußte. Sie grub ihren Kopf in den Rasen und stöhnte vor Kummer und Leid. Lang lag sie so da. Es wurde Abend, und noch immer lag sie da. Schließlich kam ihre Mutter und sagte: »Sonja, wir haben eben etwas beschlossen: wir behalten ein Stück vom Garten, das gehört dann dir! Hörst du zu? Ists gut so? Freut dich das nicht?«

Aber Sonja gab keine Antwort, und was die Mutter

auch sagte, Sonja blieb stumm. Da ging sie endlich.

Als sie weg war, sagte eine Stimme dicht an Sonjas Ohr: »Das hilft alles nichts, Sonja. Es ist nicht der Garten, der dir hilft oder der dir fehlt. Es ist ganz anders, Sonja: du bist bald kein Kind mehr. Du wirst den Garten verlassen.«

»Nein«, rief Sonja, ich geh nicht weg, nie! Aber geh du doch mit mir!«

»Ich? Nein, das kann ich nicht; das können auch die Bäume nicht; alte Bäume kann man nicht verpflanzen, und ich bin viel, viel älter als alle Bäume hier, viel, viel älter als alle Bäume, hörst du? Ich kann nicht mit dir gehen. Ich muß hier bleiben wie dieser Birnbaum, denn ich bin dieser Birnbaum, verstehst du?«

»Nein«, schrie Sonja, »ich versteh dich nicht, gar nichts versteh ich und will nichts verstehen.«

Da fuhr ein Windstoß durch den Garten und alle Bäume bogen und beugten sich, als verneigten sie sich vor jemand, dann wischte eine warme große Hand sanft über Sonjas Gesicht und eine Stimme, die wie das stille Rauschen eines Waldes klang, sagte sanft: »Ich bin die Liebe zu allen Geschöpfen. Ich werde dich durch dein Leben begleiten, dich und deinen Bruder, der mich eines Tages wieder fühlen wird.«

Dann war es wieder still, und es blieb eine Weile so still, als wären alle Leute ertrunken in der Stimme des großen Pan. Kein Blatt rührte sich und kein Vogel sang.

Erst nach und nach wurde alles, wie es auch sonst war.

Sonja war ganz verwirrt von allem, was da geschehen war. Aber da fühlte sie, daß sie nicht allein war, und dann sah sie, daß das Squirrel dicht vor ihr saß und sie anschaute mit Mondaugen.

»Squirrel«, sagte Sonja, »hilf mir!«

Da brach das Squirrel ein Ästchen vom Birnbaum ab, hob es an den Mund und blies. Das klang schön, und Sonja spürte, wie sie getröstet wurde. Dann gab ihr das Squirrel den Flötenzweig. Im nächsten Augenblick war es verschwunden.

»Squirrel«! rief Sonja. »Bleib!«

Aber sie wußte, daß es fort war für immer. Doch wußte sie auch, daß sie nicht ohne Trost war. Jedesmal, wenn sie traurig war, zog sie den Flötenzweig aus der Tasche und blies. Freilich gab das Zweiglein keinen Ton, den menschliche Ohren hören konnten, auch Sonja hörte ihn nicht, doch spürte sie ihn. Der unhörbare Ton weckte in Sonja selbst einen sanften Klang, und sie fühlte die Worte des großen Pan: Ich bin die Liebe zu allen Geschöpfen.

Selbst der Umzug ins Stadtzentrum und der Abschied vom Garten waren jetzt zu überstehen und taten nicht so schrecklich weh. Sonja wußte, daß alles gut würde. Und so war es. Aber es dauerte länger als drei Jahre, bis es soweit war.

Eines Tages sah Sonja, daß Simons Hände ganz rauh

und rissig waren wie die eines Arbeiters. »Was ist denn mit deinen Händen«? fragte Sonja. Simon steckte sie rasch in seine Hosentaschen. Aber dann sagte ers doch: »Du, ich arbeite jetzt jeden freien Tag in einer Gärtnerei, kommst du mit?«

Sie kam mit. Und nun arbeiteten sie beide zusammen. Es war ganz natürlich, daß sie beide beschlossen, Botanik und Biologie zu studieren.

Das taten sie.

Kein Wunder, daß die beiden viel mehr von ihren Versuchspflanzen verstanden als die andern Studenten und selbst die Professoren, und alle sagten: »Also, die beiden sprechen und verstehen Pflanzensprache.«

Sie sagten es im Spaß, aber irgendwie glaubten sie es im Ernst, und es war ja auch wirklich so.

Die beiden sehen heute keinen Faun mehr, aber sie schwören, daß sie als Kinder mit so einem Wesen gelebt und die Stimme des großen Pan gehört hatten. Und sie hören sie heute noch, wenn sie liebevoll mit ihren Pflanzen reden.